光文社文庫

長編推理小説

三毛猫ホームズの狂死曲《ラプソディー》

新装版

赤川次郎

光　文　社

目次

チューニング（音あわせ）

まだ一般的な月給日には間があるというのに、その夜に限って、そのホテルのレストランはひどく混雑していた。

「まことに申し訳ございません」

と責任者らしい、タキシード姿の男が、顔をほてらせながら詫《わ》びを言った。「どうも今夜はいつになく混み合っておりまして……」

「席は空《あ》きそうもないのかい？」

石津《いしづ》は、不機嫌を表情と声とに溢《あふ》れんばかりにして言った。

「ご予約のお客様が多いもので……。今、空いております席も、もう間もなくおいでになることになっておりまして、はい」

物腰は丁寧だが、予約のない方はご遠慮願うほかはございません、という意味を言外にはっきり匂《にお》わせている。

片山晴美《かたやまはるみ》は石津の腕をつついた。

「ねえ、石津さん、満席じゃ仕方ないわよ。どこかほかへ行きましょ」

「しかし……」

石津はまだ渋っている。晴美にも石津の気持ちはよく分かっていた。刑事の給料というのは大したことはない。それは兄の片山義太郎《よしたろう》も刑事だからよく知っている。その苦しい懐《ふところ》具合で、無理をして今夜の食事に誘ってくれているのだ。それが満員でお断わりというのでは……。石津も男としてプライドというものがある。

「ここへはまた今度来ましょうよ」

と晴美は言ったが、

「いや、次はいつそんな余裕ができるか分かりません」

と石津は馬鹿正直に言った。「晴美さん、ちょっと表で待っていていただけますか？」

「いいけど……。どうして？」

「ここは僕に任せてください」

と、ぐっと胸をそらす。

「分かったわ。じゃ、そこの椅子の所で待ってる」

晴美はレストランを出た。ホテルの地下一階、レストランが五、六軒並んで、中央がちょっとしたロビーになって、洒落《しゃれ》た椅子が置いてある。晴美はその一つにゆったりと腰かけた。

お兄さんはちゃんとおかずを温めて食べてるかしら？　ホームズにもやってくれてるかな。

まあ、やらなきゃホームズは黙っちゃいないから、大丈夫だろうけど、どっちかと言えばお兄さんのほうが心配だ。もう三十にもなろうっていうのに、当分嫁のあてはないようだし……。

「あなたがいるからだめなのよ」

と、職場の同僚はよく言うのだった。「不便を感じないから、本気で結婚したいとも思わないの。あなた、遠慮しないで、さっさと結婚しちゃえばいいのよ。そうしたら、お兄さんも結婚する気になるから」

確かにそうかもしれない、と晴美も思う。母を早く亡くし、やはり警官だった父親が殉職して、兄妹二人で暮らして来たので、兄には多分に父親代わりという意識があり、晴美をともかく嫁にやってからでなくては、と思っている。妹のほうはまた、この頼りない兄を一人残して嫁には行けないという気持ちがある。――かくてお互いに牽制《けんせい》し合ってなかなか踏ん切れない、というわけである。

「――石津さん、何をしてるのかな」

と晴美は呟《つぶや》いた。

そこへ女子大生らしき一団が、ざわざわとおしゃべりしながらやって来た。一団といっても、五人のグループだが、にぎやかなことにかけては並みの大人の十人以上に匹敵する。晴美とて覚えがないわけではない。あんな頃は楽しかったなあ、などと眺めている。

音楽学校の学生ででもあるのか、中の三人はヴァイオリンのケースをさげていた。ほかの一人が少し大き目の、これはヴィオラだろう。何も持っていないのは一人だけだった。ピアノを専攻しているのかもしれない。まさかスタインウェイのコンサートグランドをさげて歩くわけにはいかない。

みんな、いかにも裕福な家に育ったお嬢さんばかりという感じで、着ている物も派手ではないが品の良さが一見して分かるし、さりげなく振り回しているバッグはどう見ても本物のグッチやモラビトである。

晴美は以前デパートに勤めていたことがあるので、見る目は確かだ。——ああいう人たちには、一種共通の、屈託のなさがある、と晴美は思った。

ふと、その中の一人が晴美のほうを振り向いた。——いや、晴美を見たのではない。晴美がその視線の方向へ目を向けると、五十歳前後だろうか、いやもう少し若いのかもしれないが、いやに老け込んだ感じの女性が、じっとその女子大生のほうを見つめている。

ちょっと、異様な感じの女だった。こんな場所に似つかわしくない——というのは、別に着ている服が安物だからというのではなくて、どこか狂信的なものを感じさせる雰囲気が、大きく見開いた目の光の中に、あったのである。

晴美は視線を戻した。五人の中でも、際立って美人のその女子大生は、笑いが途中で凍りついたようになって、何か恐ろしい物でも見てしまったように、その場に立ち止まっていた。

他の四人が、晴美が入ろうとして断わられたレストランへ入って行く。ヴィオラを手にした娘が、振り向いて、

「ねえ、マリ、どうしたの」

と声をかけた。

「ううん、別に」

マリ、と呼ばれた、その娘は、くるりと向き直って、レストランへと足早に入って行った。入れかわりに、石津が足取りも軽く出て来て、

「晴美さん！　さあ、入りましょう」

と呼ぶ。

「満席じゃなかったの？」

「そこを何とかさせたんですよ」

と石津は得意げである。晴美はちょっと石津を斜めににらんで、

「警察手帳を見せたんでしょ？」

「え？　いえ……そんなことは……まあ、ちょっとポケットから飛び出したのを、向こうの奴がたまたま目に止めましてね」

「だめよ、そんな職権濫用は」

と晴美は笑いながら言った。「今度だけにしてね」

「分かりました」

と石津は頭をかいている。体が大きくていかついだけに、何とも可愛らしい。

「じゃ、入りましょう」

と歩きかけて、ふと振り向く。——あの女の姿はなかった。

「どうかしましたか？」

「いいえ、何でもないの」

店へ入って行くと、支配人らしき男が、自ら、案内に立ってくれる。

「ちょっと奥になって申し訳ございませんが」

「いいえ、構いませんわ」

席について、隣りを見ると、長いテーブルを囲んでいるのは、さっきの娘たちだ。あの、マリと呼ばれていた娘も、楽しげにワイングラスを手にしている。

「さ、晴美さん、何でもお好きなものを注文なさってください」

「ええ。それじゃ遠慮なく」

——オーダーを済ませ、ともかくまずワインを抜いてもらって、乾杯する。晴美はかなりアルコールには強いほうだ。

「片山さん、大丈夫ですかね」

「どうして？」

「怒っておられるんじゃないかと思って……」

「いい顔はしないけど、平気よ。他の人よりは石津さんと一緒と分かってるほうが安心でしようし」

片山は妹が刑事とデートしているのが、気に入らないのである。父親が殉職してしまっているので、余計にそう思うのだろう。

「だといいんですが……」

と石津は自信なげである。「どうも最近、片山さんの僕を見る目に、殺意があるような気がして」

「オーバーねえ」

晴美は吹き出してしまった。

ワイングラスを傾けていると、例の女子大生たちのテーブルの声が耳に入って来る。

「ほらほら、もうすぐ八時よ」

「やめてよ、どうせだめなんだから」

「なんて言っちゃって、自信たっぷりって顔よ」

「私はもうだめ。諦《あきら》めてんだ。〈カプリース〉があの始末だもん」

と言っているのは、五人の中では比較的小柄で、ちょっと小太りな娘だった。ヴァイオリンを持っていたうちの一人だ。メガネをかけているが、それが却《かえ》ってアクセサリーのようで愛らしい顔立ちに見せている。

「真知子《まちこ》はこの前のコンクールだって、そんなこと言ってて一位になったじゃないの」

「今度は特別よ。学生コンクールとは桁《けた》が違うわ。私ぐらいの腕のがゴロゴロしてんだもの」

「ゴロゴロはオーバーじゃない？　マリはどうなの？　落ち着いちゃってるわね」

「自分の力は分かってるもの」

と、さっきの娘が言った。「最終予選まで残っただけで上出来よ」

「私はマリも真知子も本選に残ると思うな」

「同感。ハンドバッグかけてもいい」

「よしてよ、いやねえ」

と真知子という娘がにらむ。「人のことだと思って。ねえ、マリ」

マリという娘は、ただちょっと笑っただけだった。

「八時頃までには結果を連絡して来るんでしょ？　遅いわね」

「もういいわよ。コンクールのことは言いっこなし！」

と押えておいて、真知子が、「ね、マリ。もし一人だけ本選に残ったら……」

「何なの？」

「残ったほうが今夜は全員におごることにしない？」

「OK。真知子、お金持ってる？」

「あら、私はマリに払わせる気で、電車賃しか持って来なかったわ」

笑い声が広がった。――晴美は、ふと微笑《ほほえ》んだ。マリという娘も、真知子という娘も、かなり自信はある様子だ。それでも、こんなときには不安なものだろう。

「何のコンクールですかね」

と石津が、やはり話を小耳に挾《はさ》んで、「水着か何かかな？」

すると、店の支配人が、娘たちのテーブルのほうへ足早にやって来た。

「桜井《さくらい》マリ様はいらっしゃいますか？」

「はい」

と、急に表情が固くなる。

「受付にお電話が入っております」

「どうも――」

と椅子を立ちかけたが、「いやだわ、真知子、あなた聞いて来て」

「いやよう。マリだけ合格、私、落選なんて聞くの惨《みじ》め、だもん」

「私、怖いわ、ねえ、誰か」

「いやよ、ねえ。――早く行ってらっしゃい」

マリという娘はみんなに押し出されるようにしてテーブルを離れたが、何を思ったか、急に晴美のほうへ走って来た。

「あの、すみません」

「何かしら？」

「ちょっと電話を聞いていただけませんでしょうか」

「私が？」

「コンクール委員会からなんです。桜井マリと、植田《うえだ》真知子が決勝へ出られるかどうかの連絡だけなんです。お願いします、代わりに聞いて来てください」

晴美は微笑んで、

「いいわ。聞いてあげる」

と立ち上がった。

「すみません！」

晴美は小走りに受付のカウンターへ行って、外してある受話器を取った。

「お待たせしました」

「桜井マリさんですね。植田真知子さんもそちらにいらっしゃいますか」

きびきびした女性の声だった。

「はい」

「こちらは、スタンウィッツ・ヴァイオリン・コンクール委員会です」

晴美は驚いた。スタンウィッツ・コンクールといえば、かなり新聞などにも大きく取り上げられている、第一級のコンクールだ。してみるとあの二人、かなり優秀なのだろう。声は続けて、

「審査の結果、桜井マリさん、植田真知子さん、お二人とも本選進出が決まりました。おめでとうございます。詳細は文書で明日発送します」

電話を終えると、晴美は、娘たちのテーブルのほうへ手を振って、

「二人とも決勝進出よ！」

と大声で言った。キャーッとかん高い叫び声が上がって、五人が椅子のひっくり返るのも構わず、その場で飛び上がって喜んでいる。

他の客たちが何事かと一斉にそっちを眺めていた。晴美も、何となく自分のことのように嬉しくなった。さて、席へ戻ろう、と歩きかけると、

「あの——」

と受付の女性が、「桜井様へもう一度かかっております」

と受話器を差し出した。晴美は、ちょっと困ったが、何しろ、あの五人はまだ抱き合ったり叩《たた》いたりして大騒ぎしている。ともかく出てみようと思った。

「もしもし」

「桜井マリだね」

妙な、くぐもった低い声だった。

「どなたですか？」

「いいか、お前には優勝させない」

「何ですって？」

「命が惜しかったら、演奏をミスするんだ！　いいか、さもないと——」

「あなたは誰？」

電話が切れた。——晴美はそっと受話器を戻した。

晴美も、兄とホームズとともに、何度か犯罪捜査に関《かか》わったことがある。今の声は、明らかに本物の悪意に満ちていた。単なるいたずらや、いやがらせでない、深い何かを感じさせたのだ。それは晴美の直感だったが、こと、直感が当たる点にかけては、——いや、かけてもと言うべきか——晴美は兄より遥《はる》かに優れている。

手を取り合って、涙ぐんでいる五人の娘たちを見ながら、晴美は、何か、ある影がその上に落ちかかっているのを見たような気がした。

「ありがとうございました」

席へ戻ると、桜井マリが礼を言いに来た。

「いいえ。本当におめでとう」

「ありがとうございます。あの——よろしかったら、テーブルをご一緒しませんか？　お邪魔でなければ」

とチラリと石津のほうを見て、「お二人でどうぞ」

「ありがとう。それじゃお言葉に甘えようかしら。ねえ、石津さん」

「は、はあ……」

「女性が六人にあなた一人よ。悪い気分じゃないでしょ？」

晴美はいたずらっぽく言った。——娘たちとの話の中から、少しでも何かがつかめないか、と思ったのだ。

あの後《あと》の電話のことは言うまい、と思った。少なくともこの席では、喜びに水をさすようなことを言うべきではないだろう。

ウエイターが、テーブルをつなげてくれ、晴美と石津は細長いテーブルの端に座る格好になった。

「あの、失礼ですけど、ご夫婦ですか？」

「いいえ、ただの平凡なアベックよ」

と晴美は笑って言った。「私は片山晴美、こちらは石津さん」

「目黒署所属の石津刑事です」

何も職業まで言う必要はなかったのだが、かなり緊張しているらしい。

「まあ、刑事さん。じゃ、安心だ」

と、植田真知子が言った。

「何か心配なことでもあるの?」

「酔い潰《つぶ》れたら送ってくださるでしょ」

と言って笑い出す。

年齢から言って、一番よく笑う時期は多少過ぎているはずだが、今は何しろおめでたい最中である。いやでも笑いがこみ上げて来るのだろう。真知子に比べると、桜井マリのほうは、頰を上気させている程度で、少し落ち着いているようだった。

「決勝っていつなの?」

と晴美が訊《き》くと、マリが答えて、

「二週間後です」

「大変ね。決勝では何を弾《ひ》くの?」

「分かりません。だから大変なんです」

「その場で言われるわけ?」

「ええ。バッハの無伴奏を一曲。それから、協奏曲。ベートーヴェン、ブラームス、チャイコフスキー、メンデルスゾーン、シベリウス、ブルッフ……。その中のどれと言われるか、当日まで分からないんです。全部、同じように弾けるよう、練習しておかなくてはいけません」

「大変ね！」

晴美が首を振って言うと、真知子が、

「もっと大変なのが、新作なんです」

と言った。

「新作？」

「委員会が誰かに依頼して、このコンクールのために作曲してもらった新しい曲です。誰に依頼したか、どんな曲か、一切極秘なんです」

「いつ分かるの、それは？」

「一週間前です、本選の。あ、本選って決勝のことです」

「じゃ、一週間でその曲を弾けるようにするわけ？」

「暗譜で弾くんですけど、憶えるのはそう大変じゃありません。慣れてますもの」

「問題は解釈なんです」

とマリが引き取って続ける。「全く新しい曲ですからお手本がありません。だから、自分で譜を読んで弾かなくちゃならないんです」

「しかも、誰とも相談することを禁じられてます」

「禁じられる？　でも一週間もあれば――」

「その間、本選に残った人間は、どこかの建物に隔離されちゃうんです」

と真知子が言った。「一週間はそこから出られないし、電話や手紙のやりとりも禁じられます」

「驚いたわ！」

晴美はため息をついた。自分なら、とてもそんな精神的な圧迫に堪え切れないだろう。

「それじゃ、一週間、外と遮断《しゃだん》されているわけね」

と晴美は言った。

あの電話が本気だったら……。「さもないと……」の後が、「命はないぞ」だったとしたら、それは絶好の機会に違いない。

第一楽章　アレグロ・マ・ノン・トロッポ（急ぎすぎずに速く）

1

鍵《かぎ》が回った。

「さて、入ろうか」

秋の午後にしてはいささか大げさな毛皮のハーフコートをはおった男が、言った。六十歳前後という年齢は、ほとんど白くなって乾いた髪を見ても分かるが、その割りには、顔は艶《つや》やかで活気に溢れており、体つきも、西洋型で、足が長く、ほっそりとしていた。

全身から、エネルギッシュな力が発散されているようで、それが少しも粗野でなく、知性に裏打ちされているという印象を与えた。落ち着き払った、独特の風格は常に人の上に立つ者、他人を導く者であることを示している。

彼は事実、そういう人物——日本の指揮界の長老、朝倉宗和《あさくらむねかず》である。

「何となく陰気くさい家ですねえ」

朝倉の後ろに立っているのは、背広にネクタイという、ごく平凡なサラリーマンスタイルの、四十歳前後の男である。

中肉中背で、運動不足らしい、冴《さ》えない顔色をして、かなり度の強いメガネを、今にも落ちるんじゃないかと心配するように、ひっきりなしに手で押えている。

朝倉よりぐっと若いくせに、むしろこちらのほうが年寄りくさく見えた。

「そうかね？」

朝倉は愉快そうに言った。「まあ、知らない人間の目にはそう映《うつ》るかもしれないな。私はただ懐かしいだけだよ」

「ずいぶん長いこと、放っておかれたんでしょう？」

「いや、それほどでもない。せいぜいここ七、八年じゃないかな。まあ、ともかく入ってみなくちゃ分からないよ」

「ヴァイオリンのお化けでも出そうですね」

「しっかりしろよ。君は無神論者じゃなかったのか？」

「神や悪魔は信じませんが、お化けは別です」

「ともかく入るよ」

朝倉はいささか呆《あき》れ顔でドアを押した。

朝倉について来ているこの男。——朝倉が常任指揮者を勤める、新東京フィルハーモニックの事務局長で、スタンウィッツ・ヴァイオリン・コンクールの事務局長でもある、須田道哉《すだみちや》。

音楽関係者の一人でありながら、音楽のことは全くといっていいほど分からない男で、そこが朝倉には気に入られていた。

アレグロとアンダンテの違いは分からなくとも、ソロバン勘定のバランス感覚は実にみごとなものだったからである。

指揮者というのはワンマンなもので、その点、朝倉も例外ではない。むしろその一典型と言ってもよかった。

それだけに、須田がベートーヴェンとチャイコフスキーのどちらが客を集めやすいか、一向に興味も抱かなかったのが、朝倉には気楽だったのだろう。

さて、ドアが開いた。

二人が足を踏み入れたのは、やけにだだっ広い空間で、面積はそれほどでもないのだが、頭上が吹き抜けになっていて、ずっと二階の天井までが見上げられる。そのせいで、玄関を入ったホールは、ずいぶん広く見えるのだ。

「木の匂い。いいもんだな」

朝倉は思わずため息をついた。「今の音楽学校はどこも鉄筋コンクリートの箱だ。あんな所では、楽器のほうだって安心して鳴れやしない。ヴァイオリンは木でできている。やはり木の環境の中で、一番よく響くはずだよ。——おい、何してるんだ？　靴はいいんだよ。そのまま入るんだ。西洋式なのさ」

「そうですか。どこで靴を脱ぐのか、悩んでいたんですよ」

須田がホッとしたように言って、入って来る。

「どうだい？　ここで私は三年間過ごしたんだよ。どこもかしこも、思い出がしみついている」

「はあ……」

須田はキョロキョロと見回して、「まあ、思ったほどガタは来ていませんね。これなら、そう手を入れなくても済むでしょう」

「全く散文的な男だな、君は」

朝倉は笑いながら言った。「さあ、案内してやろう」

ホールを右へ行くと、幅の広い、両開きのドアがあった。

「ここは食堂だ。——広いだろう」

長方形の、かなりの広さの部屋で、中央に、長テーブルがどっしりと構えている。周囲の背もたれの高い椅子は、八脚あった。

須田は、その椅子の一つ一つを、手で叩いたり揺すったりして、

「びくともしてませんね。古い物はやっぱり頑丈《がんじょう》だな」

と感心している。「八脚あるのか……。本選に残ったのが七人だから、予備を一つとして、ぴったりですね」

「いい机だろう、古いが北欧材なんだ」

「ははあ。終わったら売れば高く売れますよ」

「おいおい、君は何しに来たんだ？」

「いや、冗談ですよ」

およそ冗談とは無縁の須田が、真面目な顔で言うので、却っておかしい。

「奥のドアの向こうが調理場だよ」

「ははあ、そこがちょっと気になるところだったんですよ。当然調理器具は古くなっているでしょうしね」

と、自分が先に立って、調理場へ入っていく。朝倉も、のんびりした足取りで後から入って行った。

「どうかね？」

須田は、並んでいるガスオーブンや、レンジ、ガステーブル、流し台などをいちいちいじってみて、

「まあ、使えないこともなさそうですが……。ガス器具はガス会社の人にチェックしてもら

います。今は当然元栓《もとせん》が止めてあるんでしょうからね」

と言ってから、「そういえば、この辺はもう天然ガスに切り換わったんでしょうかね」

「そこまでは知らんよ」

「もしそうなら、全部取り換えですねえ」

と須田が腕組みする。頭の中を開けられたら、ソロバンがパチパチ音をたてていたかもしれない。

「かなりの出費ですよ。いっそのこと、お湯を沸かすガステーブルだけにして、食事は給食会社にでも頼みましょうか」

「そんなみっともない真似ができるか」

と朝倉は顔をしかめた。「みんな食べ盛りで、エネルギーを消費する年代だぞ。彼らにサラリーマンと同じ、冷めた食事をあてがおうというのか？　とんでもない話だ。〈マキシム〉が配達してくれるというなら別だがな」

「そうですか」

須田も、朝倉のその答えを予期していた様子だった。「じゃ、料理人を雇わなくちゃなりません」

「その期間だけでいいんだ」

「だからこそ、見付けるのが骨ですよ」

須田は手帳を取り出してメモを取った。「その奥のドアは？」

「裏庭へ出られる」

「なるほど。——分かりました。ああ換気扇は……これも交換だな」

「参加者が食中毒など起こさんように、料理人はよく選んでくれよ。金はかかってもいい」

「はあ」

須田は苦笑いしながら、「また先生の口ぐせですか。『いくら金はかかってもいい』」

「それに続くのが君の口ぐせだろう。『その金はどこから出て来るんですか』」

「かないませんね、先生には」

と須田は笑った。

「それじゃほかの部屋を見よう」

二人は食堂を抜けてホールへ戻った。それから、ちょうどホールを挾んで反対側の扉を開けると、

「ここが広間だ」

と朝倉は言った。

「こいつは大したもんですな」

覗《のぞ》き込んだ須田が目を見張った。

「暗いな。少しカーテンを開けてくれ」

自分で開ければいいのだが、何しろ朝倉は人に命令するのに慣れているのである。須田が埃《ほこり》が舞うのに閉口した様子で、それでも、一つ一つの窓のカーテンを開けて行った。

部屋は細長い造りで——といっても、幅がたっぷりとあって、奥行きがべらぼうに長い。ほぼ部屋は二分されていて、入口に近い三分の一ほどは、客間兼居間風に、ソファが小さないくつかの丸テーブルを囲むように置かれており、窓と反対側の壁には、本物の暖炉が、どっしりと腰を据えていた。

奥の三分の二は、いわば小さな演奏会場といった様子で、一番奥の正面に、グランドピアノがあり、そこへ向いて、座席が二十ほどしつらえてあった。

座席といっても、固定された椅子ではなく、やはりクラシックな造りの椅子が並べてあるのだった。

「——いや、これは凄《すご》いな」

やっと全部の窓のカーテンを開けた須田が、手で宙に漂《ただよ》う埃を払うという、むだな努力をしながら戻って来た。

「広いだろう。ここでゲストに招いた演奏家の演奏を聞いたり、毎日曜日には、学生が順に弾いたものだよ」

「確かに立派ですね」

「はいはい」

と須田は改めて、ぐるりと広間の中を見渡した。「何かに使えるかもしれませんね」

「使う？」

「どうです？〈夏休み合宿セミナー〉とか。それとも、ここで演奏会をやるのも面白いですね。そうだ！　シャンデリアを吊《つ》って、ここに名をつけましょう、〈騎士の間〉とか〈王女の間〉とか……。広告のパンフレットにカラーでばっちりのせて」

「〈間抜けの間〉ってのはどうだ？」

と朝倉は笑って、「今は差し当たってコンクールだよ」

「はあ。――その暖炉も使えるんですか？」

「そのはずだ。冬の夜、薪《まき》をたいて、ここに集まってね。――正に、これこそ青春、という感じだったな」

「しかし、暖房は考える必要がありますね。この辺は寒いですよ、夜は」

「もちろんだ。手がかじかんだりすることがないようにしてくれよ」

「石油ストーブが一番安上がりなんですがねえ。――しかし木造だから万一火事にでもなると……。ガスにするか」

「その辺は任せるよ」

朝倉はそう言って、やっと埃のおさまりかけた広間を、奥のほうへ進んで行った。

グランドピアノの蓋《ふた》を上げると、椅子の埃を払い、腰をかけた。指が鍵盤の上を走って、広間の空気へと、ピアノの響きが広がって行った。

「うん、大丈夫だ」

と朝倉は肯《うなず》いた。「調律すれば使えるぞ」

「買い替えるつもりだったんですか？」

と、須田が呆れ顔で言った。「一千万ですよ」

「狂った音程のピアノを置いておけるかね」

と朝倉は言った。「さあ、二階へ行こう」

ホールから、二階へ上がる階段があった。幅が広く、傾斜もゆったりしていて、日本の建売住宅の、急な階段とはいい対照だった。

「二階は全部個室になっている。一部屋ずつがかなり広いんだよ」

「ここへ引っ越して来たいですね」

須田がため息をついた。

朝倉が、手近なドアの一つを開けた。今度は自分が正面の窓のカーテンを開ける。

部屋は十畳くらいの広さがあり、ベッド、机、本棚、ソファ、とまるで古い格式のホテルの一室のようだった。

違うのは、譜面台があることぐらいのものだろう。

「いい部屋ですね」

「部屋で練習したんだからね。これぐらいの広さがなくては音が充分に鳴らない」

「これはこのままでいいですね。そのドアは？」

「バスルームだよ。各室、バス・トイレつきだ」

「ホテルですね、本当に！」

須田は首を振った。「参加者に少し負担してもらおうかな」

「おい――」

「冗談ですよ」

とあわてて言った。「部屋はいくつあるんです？」

「全部で八つある。――ほかに、下には管理人の部屋があったがね」

「八つ。じゃ、七人には足りるわけか。もう一つには先生、入りますか？」

「そんなことはできんよ。あの七人は、彼らだけでここに入り、ここで練習し、そして決勝に臨むのだからな」

「大したもんですなあ」

「技術だけではどうにもならない。強固な意志の力が必要だ」

朝倉は、一つ息をついて、「さて、一応見る所は見た。各部屋を全部見る必要はあるまい」

「後でゆっくり見に来ます。手直しに大工を入れなくちゃなりませんからね」

「私もゆっくり考えるよ。必要な物が何か、をね。彼らは学生じゃない。競争相手として来るのだからな。条件がそれなりに違っているわけだ」

「そうですね。まあ、願わくは、あまり金がかからないように」

「いいじゃないか、今年の〈第九〉は三回とも私が振るよ」

「本当ですか？　いや、そいつはありがたいな。じゃ、全部満席だ」

と須田は早くも利益を算出している様子だった。「S席を……五千円にするかな」

「ベートーヴェンが怒らない程度の値段にしてくれよ」

と朝倉は言った。

二人は建物の外へ出た。朝倉が鍵をかける。

「ここはどういう家なんです？」

「さあ、もともとは何だったのかね」

と朝倉は、車のほうへと歩き出しながら、言った。「いろいろな持ち主の手を転々としたようだよ」

「ホテルにでもなりそうですがね」

「実際にホテルとして使われたこともあったようだ。しかし、長くは続かなかった」

「何か理由があるんですか？」

「まあね。これは管理人から聞いたんだが……」

と朝倉は言った。「幽霊が出るという噂《うわさ》があるそうでね」

「あそこに、ですか？」

須田が思わず立ち止まった。

「心配するな。私がいた三年間は、ネズミ一匹出て来なかったよ」

「ああびっくりした」

と須田は胸を撫《な》でおろした。「さっき言ったように、私は弱いんですよ、お化けというのは」

「おい、そんなことをしゃべるんじゃないぞ。みんな神経質になっているからな」

「分かってます」

と須田が車のドアを閉じながら、「頼まれたって、しゃべりゃしません」

朝倉が後ろの座席に落ち着く。須田は運転席につくと、エンジンをかけた。

車は、林の間の道を走り出した。

「ここが東京だとは信じられませんねえ」

「武蔵野《むさしの》の面影が、わずかにこの辺にだけ残っているんだ」

と朝倉は窓の外へ目をやった。「――改装や何かを、十日でできるか？」

「何とかやらせましょう」

「頼むぞ。もっと早くやればよかったが……。あまり、間があくと、本人たちがやりにくいだろう」

少し間を置いて、須田が言った。

「誰が有力ですかね」

「誰も実力伯仲だよ」

「桜井マリじゃないかと言う人が多いようですね」

「彼女か。――まあ有力な一人には違いない。しかし、コンクールは当日のコンディションにも左右されるからな」

「〈新作〉はどなたが作曲してるんです？」

と須田が訊くと、朝倉はちょっと表情を硬くした。

「そんなことをどうして訊くんだね？」

「いえ、別に……。礼金の額が、大先生かどうかで違って来ますので」

「作曲者名はコンクール終了まで極秘だ。君も知っているだろう」

「ええ。ちょっと訊いてみただけですよ」

須田の笑顔はどこか、ぎこちなかった。「――ご自宅へ帰られますか？」

「ああ、やってくれ」

やがて車は、広い通りへ出て、車の量も増えて来た。

三十分ほど走って、車は、〈朝倉〉と表札のある、邸宅の前に停《と》まった。

「明日、リハーサルの前に君の所へ寄る。プランをまとめておいてくれ」

車から降りた朝倉が言った。

「承知しました」

須田が一礼して、車は走り出すと、たちまち他の車の中へと紛れてしまった。

朝倉はいったん門を開けて中へ入ったが、そのままガレージへと向かった。

朝倉のBMWが、置いてある。朝倉は、かなり急いでいる様子で、車を動かした。

車の流れに入ると、スムーズにスピードが上がる。

そのBMWが通り過ぎた角の一つから、須田の車が姿を現わして、車数台離れて、その後を尾《つ》け始めた……。

2

「ふーん、そんなことがあったのか」

片山義太郎はご飯のお代わりを晴美から受け取りながら言った。

「ね、どうかしら？　何だかこう、胸騒ぎがして仕方ないのよ」

晴美は真剣な口調で兄に迫った。

「どうかしら、って言っても……。俺《おれ》の一存じゃどうにもならないよ」

片山はやや逃げ腰になって言った。妹に限らず、女性に迫って来られるのが何より弱いのである。

「お兄さんって、すぐそうなんだから」

と晴美は片山をにらみつけ、「そういう、事なかれでは出世しないわよ」

「どうせ俺は平《ひら》の刑事だよ」

片山はノホホンと言って、せっせとご飯をつめ込む。

「警察は、起こった事件だけで手一杯。起こるかどうか分からんような事件の予防のために貴重な人手はさけない、と言いたいんでしょ？」

「分かってりゃ早いや」

「もう……。頼りにならないんだから！」

と、片山の前に置いてあった刺身の皿から、一きれだけ残っていたトロをつまむと、「ほら、ホームズ」

と、今、食事の真っ最中の三毛猫のほうへ回してしまう。びっくりしたのは片山で、

「おい、それは取っといたんだ！」

と言ったが、後の祭り。ホームズはさっさとトロを旨《うま》そうにパクつき始めていた。

「半分もらう？」

晴美が訊く。片山はブスッとふくれて、残ったご飯にお茶をぶっかけた。

片山義太郎。前述のごとく、そろそろ三十に手の届く、独り者で、もっぱら妹の晴美にいびられる役回りである。

ヌーボーとした感じの長身、撫で肩の、これで色っぽければ女形にもよかろうかという……しかし、顔のほうは丸っこい童顔で、優しくはあるが、標準的な意味での美男子とは言いかねる。

晴美がよくふざけて「美女と野獣」と呼ぶのは、しかし、心優しき片山にはいささか不当な言葉だろう。

ところで、この家——といっても、ありふれたアパートの二階だが——には、〈美女〉が二人いる。晴美と、三毛猫のホームズである。それなら一人と一匹だと言われるかもしれないが、ホームズのほうも、実は〈一人〉と呼ばれるに値する変な猫なのだ。

もっとも、ホームズのほうで、

「人間なんかと一緒に数えるな」

と文句を言うかもしれないが。

三毛猫のメス。年齢は不詳だが、毛の艶、細身の、引き締まった体、動作の機敏さ、などで、若いことはよく分かる。腹の部分が白いほかは、背中も茶と黒ばかりで、やや鋭い顔立ちは、白、茶、黒と三色に色分けされて、さらに前肢《まえあし》の右が真っ黒、左が真っ白。——何とも変わった配色を示している。

一足先に夕食を終えたホームズが、せっせと前肢をなめては顔をこするという〈猫式洗顔〉をくり返すのを見ながら、

「あんな顔の洗い方をどこで憶《おぼ》えるのかなあ?」

と片山は言った。「どこでも洗えるんだ、楽でいいや」

「話をそらさないで」

と晴美が言った。

「何だ、まだ続ける気か?」

「そうよ。私の勘ではね、あのコンクールは危険よ。必ず何か事件が起こるわ」

「ヴァイオリンが持ち主の虐待に堪えかねて復讐《ふくしゅう》するとでもいうのかい?」

「もう……人が真剣に話してるっていうのに!」

「まあ待てよ。そんな電話、気にすることないさ」

と片山は晴美をなだめるように、「きっと競争相手のいやがらせか何かだよ」

「お兄さんはね、あの電話の声を聞いてないから、そんなことを言うのよ。あれはね、本物の悪意に満ちた声だったわ。私にはピーンと来たの」

「ピーンと来ただけで、捜査一課の刑事が出かけて行けると思うかい? 無理言うなよ。それに、その女の子たちの住所だって知らないんだろ?」

「そんなの簡単よ、スタンウィッツ・コンクールの事務局へ問い合わせればいいんだわ。何なら私が電話してあげる」

「おい待てよ!」

片山はあわてて止めた。何しろ思い付いたら即実行というのが晴美の主義である。

「大丈夫よ。こんな夜に電話したって、出るわけないじゃない」

片山はホッとした。

「それならいいけど……。しかし、そんなことで、課長がうんと言うとは思えないよ」

「じゃ、非番のときに、個人的にやればいいのよ。夜帰ってから、朝まで時間があるわ」

「じゃ、いつ寝るんだ？」

「大丈夫。私が代わりに寝といてあげる」

と晴美は澄まして言った。

「それに、相手が誰かも分からないんじゃ、調べようがないぞ」

「あのとき、レストランの入口の近くにいた女が怪しいと思うんだけど……。後でも尾けてみりゃよかったわ」

「おい、頼むからあんまり妙なことへ首を突っ込まないでくれよ。また危ない目に遭《あ》っても知らないぞ」

片山は、うんざりした顔で言った。

何しろ今までにも、晴美は何度か事件に飛び込んで行って、命を危険にさらしているのだ。兄として心配したくなるのは当然のことだろう。

「あら、大丈夫よ。私にはホームズがついてるもの。ねえ？」

ホームズは、素知らぬ顔で、部屋の隅の座布団の上へ行って丸くなった。

「あら、冷たいのね」

「そういうことは、餌《えさ》をやる前に言わなくちゃ」

と片山は笑いながら言った。

「——ねえ、本当に何とかならないかしら」

晴美が真顔になって言う。「せっかくのコンクールだわ。無事に終わらせてあげたいじゃないの」

「そりゃ気持ちは分かるけど……。向こうから保護を申し出てもらえば、何か然るべき処置も取れるだろうがね」

「それはだめよ！　分からないように守ってあげるのよ」

「分からないように？　そりゃいくら何でも、無茶だよ」

片山が目を丸くする。

「だって、そんなことが分かったら、心理的に動揺するじゃないの。それじゃ、充分に実力を発揮できないわ」

「そんな難しい条件じゃ、とっても——」

と片山が言いかけたとき、電話が鳴り出した。晴美が手を伸ばすと、片山が言った。

「おい、根本《ねもと》さんだったら、俺は具合が悪くてもう寝ましたと言ってくれ」

晴美は受話器を取った。

「はい片山です。——あ、根本さん。どうもいつも兄が……。兄ですか？　——はい、具合が悪くてもう寝ました、と言ってくれって、ここで言ってますが」

片山は晴美の手から受話器を引ったくった。

「あ、どうも。妹が変なことを……。え？——いえ、そんなこと言いやしませんよ。妹が勝手に——はあ。——殺しですか。場所は？　——分かりました。すぐに行きます」

片山は深刻な顔で受話器を戻した。

「私の頼みを聞いてくれないからよ」

と晴美が言うと、

「それどころじゃない」

片山は出かける仕度を始めた。

「どうしたの？　何か特別の——」

「お前の不安が当たったぞ」

「ええ？　それじゃ——」

「コンクールの候補の一人が、ヴァイオリンの弦で首を絞められて殺された」

「大変だわ！」

晴美が飛び上がった。「ホームズ！　起きて！　出動よ！」

「嘘《うそ》だよ」

——晴美が牙《きば》をむき出して襲いかかった。

「よせ！　おい、やめろってば！」

眠っているのを起こされたホームズは、迷惑顔で二人の取っ組み合いを眺めていたが、やがて大きな欠伸《あくび》をすると、また座布団で丸くなって目をキュッとつぶった。


「——遅かったな。何だ、おい、どうした、その傷？」

「いえ、別に……」

片山はひりひりする頬の傷を、そっとさすりながら、

「ちょっと猫に引っかかれて……」

「ふーん」

根本刑事は不思議そうに、「お前の所の猫でも、人を引っかいたりするのか。お前、猫の餌にでも手を出したんじゃないのか？」

「そりゃないですよ、根本さん」

根本は笑って、

「まあいい。こっちだ」

と片山を促した。

現場は、新興住宅地の周辺の雑木林の中だった。近くの駅からは徒歩二十五分。およそ住みたくなる場所ではない。

夜ともなれば、どこの山奥かと思う暗闇《くらやみ》で、ポツン、ポツンと人家の明かりが見えるだけなのである。ただ、今はその林の一角が、明るいライトで照らし出されて、人間たちが忙しく立ち働いている。

何となく、周囲の暗がりの中で、そこはスクリーンに映し出された映像のようにも見えた。

「よく見付かりましたねえ」

と片山が歩きながら言った。「こんな所じゃ人目につかないでしょうが」

「ケガの功名ってやつかな」

根本が笑いながら言った。「夫婦喧嘩《げんか》のあげく、女房が家を飛び出した。亭主があわてて追いかける。追っかけっこの結果、ここへ逃げ込んだってわけだ」

「そして死体を見付けた……」

「女房のほうがね。夫婦喧嘩そっちのけで、二人して家へ駆け戻り、一一〇番したって次第さ」

「そりゃついてましたねえ。犯人が近くにいるかもしれませんよ」

「そいつはどうかな。死体を見れば――」

根本は、林の中から、検死官の南田《みなみだ》が出て来るのを見ると、言葉を切って、「おい、先生。

何か分かったかい？」

と声をかけた。

「こんな夜中に人を叩き起こしといて、気安く訊くな。一升びんでもさげて来い」

南田が眠そうな顔で文句を言った。根本のほうは馴《な》れっこである。

「一升びんにヒマシ油でも詰めて、もってってやるよ。死因は？」

「頭を殴られている。凶器はたぶん、顔を潰したのと同じ、レンチだろう。そばに捨ててあった奴だ」

「顔を潰した？」

片山が訊き返した。

「ああ、ひどいもんだ。おまけに裸にむかれとる。身許を確認するのが一苦労だぞ」

片山はちょっと青くなった。血を見ると貧血を起こす、デリケートな神経は、めった打ちされた顔などというものを想像しただけで、すくみ上がってしまうのである。

「年齢は四十五、六じゃないかな、あの女」

と南田は言った。「特徴になるような傷や手術の跡は見当たらんよ」

「殺されたのはいつ頃だと思う？」

と根本が訊く。

「さあ、たぶん六時間かそこらだと思うよ」

「ふむ。——ほかに何か？」

「それぐらいだ」

南田がいつものとおり、投げやりな口調で言った。

「死体を運び出していいぞ」

と根本が声をかける。——少しして、担架に乗せて、布をかけた死体が運ばれて来る。片山は、思わず目をつぶりそうになるのを、必死にこらえた。

「——この手がなあ」

と南田が独り言のように言った。

「手がどうかしたのか？」

と根本が訊く。

「いや、こういう手を、どこかで見たことがあるんだ。誰かの手に似てる。それが誰なのか思い出せん」

「手なんか、似てる、似てないってことが分かるんですか」

と片山がびっくりして訊く。

「そりゃ、お前さんはまだ若いから分かるまいがな、手ぐらい、その人間が出るものはないぜ。男の手、女の手、社長の手、平社員の手、ＯＬの手、人妻の手、母親の手……。みんな微妙に違うもんだ」

「なるほどね」

片山も少し興味をそそられて、担架の布の下からはみ出ている右手を、そっと持ち上げてみた。――いくら見ても、どこが違うのか、よく分からない。

諦めて元に戻そうとして、片山は、ふと右手の腹というか、柔らかい、字を書くとき下に圧《お》しつけられる部分に、何か字の跡があるのを見付けた。

一行《ぎょう》書いて、その次の行へ移るとき、充分にインクが乾き切っていないと、こうして、手にそのままついてしまうのである。

もちろん、スタンプで押したのとは違って、そうはっきり読み取れるわけではないし、左右が逆になっているが、それでも……。

片山は目をこらした。――カタカナの……〈ス〉、だな。それから〈タ〉。次は〈ン〉かな、〈ソ〉かな？

まあ、これだけじゃ仕方ない。そのうちに身許も分かるだろう。

死体が運ばれて行く。歩き出しかけていた南田が急に振り向いた。

「思い出したぞ！」

と得意げに言った。「あの手は、料理人の手だよ、料理番だ！」

「料理人を募集していると伺って参りました」

〈新東京フィルハーモニック〉と書かれた札のある机に座った女事務員、道原和代《みちはらかずよ》は、今夜のおかずは何にしようか、と考えているところへ、「料理人」などと言われたので、ちょっとびっくりしてしまった。

「はあ?」

と、その女は言った。

「スタンウィッツ・コンクールのほうで、料理人を募集していると伺いましたので」

と女はくり返した。

「ああ、分かりました」

と道原和代は肯いて、「そちらの机にどうぞ」

と、狭苦しい部屋に、辛《かろ》うじて押し込まれた、もう一つの机のほうを指さした。机の上には、〈スタンウィッツ・ヴァイオリン・コンクール〉という札がある。もっとも、〈新東京フィルハーモニック〉のほうは、ちゃんとプラスチックの板に文字を刻んだものだが、コンクールのほうのそれは、一時的に使うだけだから、というのか、ボール紙を切り抜いて、マジックインキで書いてある。

だが、そのほうの机には、誰もいなかった。

「あの——係の方はいらっしゃらないんでしょうか?」

とその婦人は訊いた。

「今来ます」

と道原和代は言った。

「はぁ……」

道原和代は、やりかけていた——といっても、十五分ほど前のことであるが——仕事をいい加減に片付けてしまうと、ヒョイと席を立って、〈コンクール〉の机のほうへ歩いて行き、椅子に座った。

「どうぞ。ご用件を」

「まあ」

その婦人は面白そうに、「お一人でやられているんですか」

「ええ、そうなんです。臨時に一人ぐらい雇ってくれればいいんですけど、何しろうちの事務局長ときたら、えらくケチで——」

と愚痴を言い出す。「二人分の仕事をさせておいて、一人分しか給料はもらえないんですもの。おかしいですよ、ねえ?」

奥のドアが開いて、メガネをかけた男が顔を出した。

「道原君、さっき頼んどいた計算は、もう終わったのかね?」

「はい! 今すぐやります」

と、道原和代があわてて言った。

「急いでくれよ」

と、男のほうが渋い顔になる。それから、婦人のほうへ目を移して、

「お客様ですか？」

「あの——料理人を募集しておられると伺いまして……」

「ああ、そうですか。いや……」

男はちょっと何か言いかけて、「局長の須田です」

「まあ、これは失礼を……。市村智子《いちむらともこ》と申します」

婦人はていねいに頭を下げた。

「どうも。いや、実は昨日ね、ちょうどいい人が見付かっちゃってね」

と須田が言いにくそうに頭を叩いた。

「そうでしたか。それじゃ——」

と、その市村智子と名乗った婦人は、すぐに納得した様子で、「どうもお忙しいところを、お邪魔いたしまして」

と帰りかける。

「ちょっと、待ってください」

と、須田が呼び止めておいて、「道原君、昨日の人はどうしたんだ？　今日昼前に来ると言っていたのに——」

「え？」

道原和代はちょっとポカンとしていたが、「ああ――そうだ。電話があったんです。今朝」

「何だっていうんだ？」

「何だか都合が悪くなったんで、辞退しますって」

須田はため息をついて、

「早く言ってくれなきゃ困るじゃないか」

「あら、言いませんでしたっけ？」

とぼけるのは、道原和代の特技である。須田は文句を言うのにも疲れたのか、

「ええと」

と、市村智子と名乗った婦人のほうへ向いて、「市村さん、でしたね。お聞きのとおりで……。じゃ、中へどうぞ。いろいろご相談してからということに」

「はい」

須田は、道原和代のほうへ、

「道原君、お茶を頼むよ」

と声をかけておいて、市村智子と一緒に局長室へ入ってドアを閉めた。

「――まあ、おかけください」

お世辞にも立派とは言えないソファへ市村智子をかけさせておいて、「ええと、履歴書の

ようなものをお持ちですか？」

「はい」

市村智子はハンドバッグから、封筒を取り出して、須田へ手渡した。

須田は、この女を採用しよう、ともう心の中では決めていた。慎重な須田にしては珍しいことである。

市村智子は、履歴書によると四十七歳だったが、どう見ても四十代前半としか見えなかった。四十歳と言われても信じただろう。

すらっとした、バランスのよい体型、細面《ほそおもて》の日本的な美女……。目もと涼しい、というのは、こういう女をいうのだろう。

服装は地味なグレーのスーツだが、かなり高級品であることはよく分かる。それを、実にさりげなく着こなしているのが、かなりいい家庭の婦人であることをうかがわせた。

「――ところで、失礼ですが、このお仕事にどうして……」

と須田は語尾を曖昧《あいまい》にごした。

「はい。私は先年、夫に先立たれまして、一人娘が嫁いでからは、毎日、大してすることもございません」

「なるほど。それはお寂しいでしょうね」

「ですから、何か人様のお役に立つことがないかと思っていたのです。そのときに、この度のコンクールの記事を読みまして、料理番を捜しているとのことでございましたので、もともと料理は、腕は大したこともないのですが、大好きでして、これなら、私でも多少は、お役に立てるのではないかと考えたのです」

「そうですか。そのお気持ちは大変ありがたいですな」

「実は娘も、ずっとヴァイオリンを習っておりました。プロになるほどの腕でもございませんでしたので、結婚して今は趣味程度に弾いているのです」

市村智子が話していると、道原和代が、お茶を持って入って来た。「——恐れ入ります」

と、お茶を一口飲んで、

「——そんなこともありまして、若いヴァイオリニストの方々のために、お力になれればと思ったわけで……」

「いや、よく分かりました。しかし、これはなかなか重労働ですよ。本選には七人の男女が残りました。七人分の食事を、一週間の間、作るわけですからね」

「それはもうよく分かっております」

「本人たちに少し手伝わせようかという話も出たのですが、朝倉先生が——ご存知でしょう、指揮者の朝倉宗和先生です——ともかくコンクールというのは、同じ条件で本番に臨めるように、周囲がお膳立てをしてやらなくてはならんとおっしゃって」

「それはもちろんですわ。皿洗いなどを手伝わせて、手があれたり、けがでもなさっては大変なことです。それがその人の一生を左右するかもしれないんですから」

「ええ、朝倉先生もそうおっしゃいましてね」

と、須田は苦笑した。

「どうぞご心配なく。こう見えても、体力はあるほうでございますから」

「そうですか……」

須田はちょっと咳《せき》払いをして、「まあ、お願いできれば、大変に私どもとしてもありがたいのですが、ただ、なにぶん予算の関係で、充分な報酬をお払いできないのです。昨日の方も、それで断わって来られたのかもしれませんが――」

「その点はご心配なく」

と、市村智子は、須田の言葉を遮《さえぎ》って、「これは私のほうからお願いして、やらせていただくのですから、報酬などは不要です」

「いや、そういうわけには――」

と須田が驚いて言いかけると、

「私は充分に余裕のある暮らしをしております。どうかその予算は他へ回してくださいませ」

と、市村智子は微笑んだ。

これで、須田にとって、この婦人を断わる理由はなくなったわけである。

「それでは、お言葉に甘えさせていただきまして……。本当によろしいんですか？」

「はい。ただ、ちょっとお願いがございますんですが」

「何でしょう？」

「今、その場所はどうなっているのでしょうか？」

「ああ、一週間居る所ですね？　古い大きな建物でしてね。急ピッチで必要な改装工事をやっているところなのです」

「そうですか。いえ、お台所の設備や、調理台などがどうなっているのか、もし事前に見せていただければと思いまして……」

「ああ、なるほど」

と、須田は肯いた。「それは構いませんよ。大工が大勢入ってやかましいと思いますが」

「そんなことは一向に構いません。では場所を教えていただけますか？　自分で車を運転して参りますので」

「いいですとも。ちょっとお待ちを」

須田は机へ行って、自分の名刺の裏に地図を手早く書いた。それを市村智子へ手渡して、

「じゃ、ここですから。名刺を見せて事情をおっしゃってください。入れてくれますよ」

「ありがとうございます」

市村智子は、名刺をバッグへしまうと、立ち上がって、ていねいに礼を言って局長室を出

た。

のんびり爪を切っていた道原和代は、あわてて爪切りを引出しへしまい込んだ。

市村智子は、道原和代にまでていねいに頭を下げて、帰って行く。

須田が出口まで見送って、

「無料奉仕だぜ。助かるよ！　資金ぐりに苦労してるんだ」

「あの人が？　——珍しい人もいるもんですね」

働いてもお金はいらないという人間が存在することなど、到底信じられないらしい。

「やめといたほうがいいんじゃないですか？」

「どうして？　こんないい話はないじゃないか」

「だからですよ。話がうますぎるとろくなことないわ。大体、私がここへ入ったときの条件にしたって——」

須田は、あわてて局長室へ逃げ込んだ。

3

「マリ、起きなさい！　マリ！」

揺さぶられて、桜井マリは目を覚ました。

「何時なの？」

目をこすりながら、ベッドの上に起き上がる。

「五時半よ」

「朝の？」

「当たり前でしょ。今日からそうするって、言ってあるわよ」

マリの母親、桜井充子《みつこ》は、事務的な調子で、「さあ、起きて！」

ポンと手を叩いた。

「ゆうべ寝たの、二時なんだよ……」

ブツブツ言いながら、大欠伸をして、パジャマ姿のまま、またベッドへドタッと倒れる。

「何やってんのよ。起きて、ほら！」

充子は容赦なくマリを引っ張って起こすと、パジャマを脱がしにかかった。

「やめてよ！　寒いじゃない」

「早くシャワーを浴びて。目が覚めるわよ」

観念して、マリはベッドから出ると、浴室へと歩いて行った。途中で何度も欠伸が出る。

いくら何でも、はなから五時半に起こさなくたって……。最初七時、次の日は六時半、その次は六時、っていう具合にしてくれればいいのに。

「お母さん、鬼軍曹だからなあ」

浴室へ入りながら、また欠伸が出る。熱いシャワーを思い切り浴びる。肌のべとつきと一緒に、眠気も洗い流そうというわけである。

みんなこんなことやってるのかしら？　私だけなんじゃないかな。真知子も昼まで寝てる、って言ってるし。

もっともお母さんに言わせると、「それは油断させる手なのよ」ってことになる。——小さい頃から、一緒にヴァイオリンをやって来た友達まで、そうやって疑わなきゃならないなんて、辛いもんだわ、とマリは思った。

——充子がマリをこんなに早く叩き起こすのも、コンクールの本選が午前十一時から始まるからで、宵っぱりの朝寝坊のままでは、十一時にはまだ体のほうが目を覚まさない。ちょうどその頃に、体調がよく整うように持っていかなくてはならない、というわけだった。

母親の、理路整然とした説明は説得力があって、マリのように、呑気《のんき》な性格の人間にはとても太刀打ちできない。ごもっとも、と従うほかはないのである。

確かに、コンクールという一発勝負の舞台では、どんな細かいことが、勝敗を左右するか分からない。腕前だけではどうにもならないということがあるのだ。

マリを子供の頃に教えてくれていた女性は、やはり有望なヴァイオリニストだったのだが、コンクールなどでは常に二位か三位にとどまって、ついに一位の座につくことがなかった。それは、本選の日になると、必ず原因不明の熱を出して、本来の力を発揮できずに終わるからだった。

いつもは、もっと巧《うま》く弾ける、というのは、コンクールでは意味がないのだ。その日、その瞬間に巧く弾けた者が勝つのである。

それには幸運も必要だ。例えば本選の日、課題曲の協奏曲がどれに当たるか。

もちろん、その可能性のある曲は、全部弾けるようにしてはあるが、やはり、好き嫌いもあり、得手不得手がある。たまたま得意な曲を指定されるか、苦手な曲を指定されるか。それはただ運以外の何ものでもない。

そんな偶然にかけるコンクールというものに、マリも反撥《はんぱつ》を覚えることがなくもない。しかし、その関門をくぐり抜けたときに得るもののことを考えれば、矛盾には目をつぶるほかはないのだ。

——シャワーを浴びると、大分頭がすっきりした。

浴室を出ると、ちゃんと充子が新しい下着と、ジョギングウエアを用意してくれていた。それを着込んで、洗面所のドライヤーで髪を乾かすと、ダイニングへ行く。

「早くして。もう六時過ぎよ」

充子が、絞りたてのオレンジジュースのコップを手渡しながら言った。

「初日ぐらい、少しお目こぼししてよ」

そう言って、マリはジュースを飲んだ。

「だめ。初日だからこそ厳しくやらなきゃいけないのよ」

「はいはい」

とマリはおどけた調子で言って、ジュースを飲みほした。「――お父さんは?」

「明日まで学会よ」

「あ、そうか」

マリの父は医大の教授である。京都で開かれた学会に出席するので、この一週間、家を留守にしている。

「さ、行ってらっしゃい」

「寒そう?」

「走れば暖かくなるわよ」

と、至極もっともなことを言う。

玄関へ出れば、ちゃんとジョギングシューズが待ち構えている。

「はいタオル」

走るのに邪魔にならない程度の、小さなタオルを手渡され、マリは玄関を出た。

「車に気を付けてね」

と充子が声をかける。住宅街の朝六時である。車などめったに通らないし、大体、マリはちゃんと歩道を走るのだ。

門もちゃんと開けてあった。充子は、マリのこととなると手抜かりなど絶対にないのだ。

軽く二、三度足踏みしてから、マリは走り出した。門の所まで出て来ていた充子が、

「最初からあんまりスピードを出さないで」

と声をかけて来る。

「はーい」

振り向かずに返事だけをする。少し行くと、また声が追いかけて来て、

「犬に気を付けて!」

もう返事をする気にもなれない。

マリは、朝の、静かな家並みの間を、走って行った。

空気がやや冷たい。曇っていて、うすら寒い日になりそうだった。

それでも、少し走ると体が熱くなって来るのが分かった。呼吸が少しずつ大きくなる。

足取りを緩めて、走るのと歩くのとの中間ぐらいにする。——母に叩き起こされるのはいやだが、こうして走れば走ったで、早朝のジョギングが快いものであることは確かだ。

ヴァイオリンのコンクールとジョギングとどういう関係があるのか、首をかしげられそうだが、コンクールというのは、大変な重労働で、体力がものをいう部分がかなりあるのだ。

オーケストラをバックに協奏曲を弾くときに費やすエネルギーは相当なものだし、特に本選のときには、独奏の課題曲を含め、二時間以上——ことによったら、三時間近くも弾かなくてはならない。

体力のない人では、最後の曲など、弾くのがやっと、という悲惨なことにもなりかねない。充子が、マリにジョギングをやらせるのも、それゆえなのである。

道がゆるい上り坂にかかる。今朝は走り抜けられそうだ。その日の調子によっては、歩いて上《のぼ》ることもある。

歩道を踏む足に、少し力が加わって、マリは坂道を上って行った。半ば過ぎたあたりで少し苦しくなったが、この程度なら行ける、と思った。

「もう苦しくて堪えられない、と思ったときは、ちょうど道の半分まで来たのよ」

母の充子が、中学生のマリに言った言葉だ。——充子は、若い頃ヴァイオリニストをめざしていた。男勝りの激しい気性と、負けん気で、音楽学校をトップで卒業、正に前途洋々と見えたとき、自動車事故で腕を折るという非運にあって、結局演奏家の道を断念したのだった。

そして入院していた病院で、充子の治療に当たった若い医師が、桜井である。

充子は自らの無念さを、一人娘のマリへの情熱に換えて注ぎ込んだ。マリは三歳からピアノとヴァイオリンを習わされ、五歳のときには一日の練習時間が五時間にもなった。

今でも、マリ自身、よくあの練習をやり抜いて来たものだと思う。

おそらく、性格が母と違って、穏やかでおっとりしていたことが、却って長い練習を苦に感じさせなかったのだろう。

——坂を上って行くマリから、ほぼ百メートル近く離れて、小型の自動車がゆっくりとマリの後を追い始めていた。

「やった！」

坂を上り切って、マリは息を弾《はず》ませながら、言った。さあ、少し歩こう。

道はゆるくカーブして、公園の傍をかすめている。

そろそろ、早く出勤して行くサラリーマンの姿、それにマリと同類のジョギング姿を、見かけるようになった。

マリは少し足早ぐらいのスピードで歩きながら、タオルで額を拭《ぬぐ》った。割り合いに汗っかきで、充子にはそれも心配の種の一つだ。

演奏していて、額から流れる汗が目に入らないか、というわけである。目にしみて痛いらしい。充子が真剣に心配しているのを見て、マリは言ったものだ。

「目の上に、ひさしをつけようか」

——小型の乗用車は、坂を上り切って、少しスピードを上げた。それでも、マリからは五十メートル近く離れている。

ただ、時として、マリは自分が分からなくなる。自分がどこへ向かっているのかは分かっているのだが、それが自分自身の夢なのか、母の夢なのか、分からないのである。

今まで、さほどの反抗もせず、充子に言われるままに、ヴァイオリン一筋に来たマリだった。

しかし、マリ自身も、ヴァイオリンが好きだ。ヴァイオリンを捨てることなど、考えもつかない。コンクールといっても、熱中しているのは母親のほうで、およそ競争心というものに欠けているマリを見ていると、歯がゆくて仕方ないらしい。

「これだから一人っ子はだめなのね」

というのが充子の口ぐせだ。一人っ子でなければ、マリに、これほどの手間もかけられなかったに違いないのだが。

マリは公園へ足を入れた。車が停まった。

公園といっても、小さな池が一つあって、それをめぐる小径があるというだけのものである。マリは、のんびりとそこを一周した。

お母さんはきっと時計を見ながら苛々《いらいら》して待っているだろうな、と思っておかしくなる。一緒に走ったら？　時々そう言ってからかってやるのだが。

正直なところ、この時間がマリは嫌いでもない。充子のしごきの一つには違いないのだが、その手綱《たづな》から、ほんのしばらくでも逃れていられるのが、嬉しいのである。

マリは、また公園を出て走り出した。

今度は軽いマラソンぐらいのスピード。風を切って行くのが快い刺激だ。

車が動き出した。一本道である。両側は高い塀《へい》が続く。この通りは、車道と歩道が分かれていないので、マリは右側ぎりぎりに寄って走っていた。

車が少しスピードを上げて、間を詰めた。——前方の曲がり角から、中学生ぐらいの、学生服の男の子たちが数人、がやがやと騒ぎながら出て来た。

車がスピードを落として、静かに停まった。

「姉ちゃん、頑張れよ！」

「かっこいいぞ！」

男の子たちのふざけたかけ声を無視して、マリは少し足を早めると、角を曲がった。

マリにはボーイフレンドらしきものもない。現実的に言って、その時間的な余裕がないのである。練習に次ぐ練習。母の決めたスケジュールは、ただ練習と、そのためのコンディション調整だけで埋まっている。

本選出場が決まった後、ほんのしばらく自由に遊ばせてくれたが、お金をくれて、さあ、遊んでらっしゃいと言われても、遊んだことのない人間としては、デパートで買い物するとか、友達と映画を観るぐらいのことしかできない。

色気のない話ね、と真知子などと笑い合うのだったが……。

同期の友人の中には、もう婚約していて、二人で婚前旅行などへ出かけてしまう者もいたし、常に誰かと浮名を流している「恋多き女」——男も、いる。そこまで行かなくても、恋人の一人や二人、たいていの学生は持っているのだが、充子に言わせれば、

「それはほかの人を油断させるためのカムフラージュよ」ということになる。

まさか、ね。みんながみんな、充子のように、ヴァイオリン即人生という人ばかりではないのだ。

マリも二十一歳。父の所へは、時々、お見合いの話なども持ち込まれているようだったが、当然充子が総《すべ》てシャットアウトしている。父のほうも最近は諦めているようだ。特に、このコンクールにかける充子の意気込みをよく知っているだけに、これが終わるまではそっとしておこうという気持ちのようだった。

マリ自身も、結婚だのお見合いだのといったことには興味が持てない。ヴァイオリンが恋人、と言うと、充子が大喜びするのを見るのがしゃくなので、口には出さないが、そんな気持ちなのだった。

「——あ」

と足を止める。ジョギングシューズに、細かい砂利の粒が入ったようだ。

ちょっと左右を見回して、二、三段奥へ上がるようになっている玄関の所へ上がり込むと、階段へ腰をおろして、ジョギングシューズを脱いだ。

ちょうど真向かいの家の玄関が開いて、誰かが出て来た。ちょっと目をやって、びっくり

する。やはり、ジョギングウエアに身を包んだ若い女性で——マリとまるで同じウエアを着ているのだ。

よく売れるメーカーのものだから、そう珍しくもないが、それにしても……。

向こうもマリの姿に気付いた。その家の主婦なのだろう。といっても、まだ若い奥様である。

両方とも、何となく照れくさい感じで笑顔になった。その女性が、走り出して、マリの視界から消えた。

少し間を置いて走って行こう、と思った。同じスタイルでは何だかおかしい。ジョギングシューズを元のとおりにはいて息をつく。

目の前を、一台の小型車が走り抜けて行った。今の女《ひと》、気が付くかな、と思った。

狭い道ではない。充分によけて通れる。

「さて、行くか」

マリは立ち上がって、ちょっとお尻を手で払ってから、通りへ出た。

走り出して、おや、と思った。あの小型車がもう見えない。ずいぶん猛スピードで走って行ったものだ。

先に行った、同じスタイルの女性が、傍の塀にもたれかかっている。

どうしたのかしら？　もう疲れてしまったとは思えないが。マリは少し足を早めた。

その女性が、急に崩れるようにうずくまった。ただごとではない。マリは急いで走り寄った。

「大丈夫ですか？」

声をかけておいて、息を呑んだ。

その女性の左腕が、真っ赤に染まっている。真ん中あたりに、鋭い切り傷が口をあけ、血が流れ出ているのだった。

「しっかりして！　すぐに――すぐ救急車を呼びますからね！」

マリは、手近な家の玄関へ駆けつけると、夢中でチャイムを鳴らし続けた。

4

「おい、課長は何やってんだ？」

根本刑事が片山へ訊いた。

警視庁捜査一課の朝である。

あの身許不明の女の死体は、検死解剖へ回されて、結果待ちというところだった。片山も昨日一日、近所の聞き込みに歩き回って、まだ足がだるかった。一日ぐらいの聞き込みで音《ね》を上げていては、とても刑事稼業はつとまらない。

つとめたくてつとめてるんじゃないよ、と片山は栗原《くりはら》課長のほうをにらみつける。辞表はとっくに出してあるのに、てんで無視されているのだ。

栗原は何やら難しい顔で目をつぶっている。しかし、元来が穏やかな童顔なので、いくら難しい顔をしても、あまり威厳というものは感じられないのである。

しかし、極めて有能な警視であり、捜査一課長であることは衆目の一致するところだった。都合の悪いことはさっさと忘れるという、悪い癖の持ち主ではあるが……。

「ははあ、ヘッドホンで何か聞いてるんですよ」

と片山は言った。

「そうか。ウォークマンとかいうやつだな？　俺はまた補聴器をつけてるのかと思った」

と根本は口が悪い。

「あれ？」

と片山が目を丸くしたのは、突然、栗原が机の上のボールペンを手に取ると、右へ左へ、振り回し始めたのだ。おまけに口で何やらブツブツ呟《つぶや》いている。

「課長、どうしちまったんだ？」

と根本が真顔で言い出した。

「ああ、分かった。――指揮者のつもりなんですよ」

「何だ？　ああ、クラシックを聞いてるのか」

「そうらしいですね。浪曲じゃ、あまり指揮者ってのは聞きませんから」

かなりの大熱演らしく、栗原の手はますます大振幅で机の上を右へ左へ、超特大ワイパーみたいに動いている。

「靴を磨きたい奴は今がチャンスだ」

と根本が、聞こえないと思って勝手なことを言っている。

そのうち、勢い余って、机の端に置いてあった湯呑《ゆの》み茶碗《ぢやわん》をすっ飛ばした。当然、茶碗は床に落ちて、派手な音を立てて砕ける。

栗原は、その音でハッと我に返ったらしい。あわててヘッドホンを外すと、顔色一つ変えずに、そのまま机の上の書類を読み続けた。

根本が感心の態《てい》で、

「あれでなきゃ、上役ってのはつとまらねえんだな」

と首を振った。

女の子が砕けた茶碗を片付けていると、栗原の机の電話が鳴った。

「ああ、栗原だ。――みえたか。じゃ、お通ししておいてくれ」

どんな客が来ようと、仕事の邪魔になると思えば無愛想に断わってしまう栗原が、今日はえらく緊張の面持ちで、ネクタイなどを締め直し、一つ咳払いをして、応接室へと歩いて行った。

「どこかの大統領でも来てたかい?」

と、根本が不思議そうに訊いた。

こわれた茶碗の破片を集めていた女の子が、

「朝倉宗和が来てるんですよ」

と言った。

「誰?」

根本はまるで分からない様子である。

「知らないんですか? 有名な指揮者なんですよ」

「へえ! 君、よく知ってるじゃないか」

「さっき課長さんからそう聞いたんです」

そう言って、女の子はペロッと舌を出した。

朝倉宗和か。——片山はその名に聞き憶えがあった。別にクラシック音楽に詳しいわけではないのだが、晴美が、いたって分かりやすい曲をごくたまに聞くことがある。朝倉宗和といえば、もうかなりの高齢ながら、海外でも巨匠として通用する数少ない日本人指揮者の一人だった。

「あ、そうだ」

と片山は呟いた。どこかで最近朝倉の名を見たと思ったのだが、例の、晴美が騒いでいたヴァイオリン・コンクールの主催者が、朝倉だったのだ。

しかし、その朝倉が、警視庁の捜査一課に何の用があるのだろう？

「課長さんったら、おかしいんですよ」

と女の子が含み笑いをしながら、「応接室に急にベートーヴェンの写真飾ったりして。ラジカセまで持って来てて、朝倉先生がみえたらこれをかけろなんて……」

「課長、職業換えして指揮者にでもなるつもりかな？」

根本が愉快そうに言って、タバコに火をつけた。「——そうだ。片山、お前、あの女の手に字の跡があると言ってただろう。何か分かったのか？」

「は？　——ああ、あれですか。いえ、何しろ〈スタ〉だけしか分からないんですからね。その次の字は、〈ン〉か〈ソ〉なんですが……」

「〈スタソ——〉か。〈スタン〉のほうが可能性があるな。スタンド、スタンプ……」

「それだけじゃ何も分かりませんね」

「ともかく身許が知れりゃな。そのときは役に立つかもしれんぞ」

そうだ。そう言えば、あのコンクールも、〈スタンウィッツ・ヴァイオリン・コンクール〉というんだっけ、と片山は思った。捜せばいくらでもあるもんだ……。

「昨日の早朝に、ジョギングをしていた女性が腕を切られたという事件があった。ご存知でしょうな」

と朝倉が言った。

「はい、もちろん承知しております」

「犯人の手がかりは今のところないようですが」

「そのようです。小型車で追い抜きざま、窓からかみそりを持った手を出して左腕を切ったというんですが……。全くいやな事件です」

本当は事件があれば大喜びするのだが、そうも言えない。

「あの事件を通報した女性がいます」

「ええ、すぐ後ろを走っていたんでしょう。残念ながら車のナンバーは憶えていないそうで。――車種も、女性ではよく分からないようですな。あの事件について、何か？」

「狙《ねら》われたのは、本当は桜井マリ――つまり通報した女性のほうなのです」

朝倉の言葉に、栗原は啞然《あぜん》とした。

「それは……確かですか？」

「たまたま同じウエアを着ていて、桜井マリが一休みしているときに走り出したのが、被害者の不運でしたな。あの車の犯人は、後ろ姿だけを見ていた。それに角を曲がったばかりで、入れかわったことに気付かなかったのでしょう」

栗原はしばらく考え込んでいた。

「――すると、桜井……マリさんといいましたかね。その女性は何か狙われる理由があるのですか?」

「彼女は〈スタンウィッツ・ヴァイオリン・コンクール〉の優勝候補の一人なのです」

「なるほど……」

栗原はゆっくり肯いた。「先生が主催なさっておられるんでしたね」

「そうです。――本人は人を疑うことを知らんような、純情な娘さんで、母親が事情を聞いて、真相を察したのです」

「それで先生の所へ――」

「何とか手を打ってほしいと訴えて来ましてね。私もこのような事態になったのは大変に残念です。もしも、深い傷でも受ければ、もう一生ヴァイオリンは持てなくなる」

「すると先生のお考えでは、コンクールで桜井マリに優勝させまいとした人間がやったことだというわけですね?」

「そうと限ったわけではないのですが、おそらくそう考えるのが妥当でしょう」

「では、一緒に決勝に残った者のうちの誰かが――」

「そう思いたくないのだが、可能性はあると言わざるを得ません」

朝倉はそう言ってから、「もちろんほかにも、彼女の才能を嫉《ねた》んでいる者はあるはずだし、いろいろと理由は考えられます」

「男性問題とか……」

「それはありますまい」

と朝倉は微笑した。「あの母親は、それは厳格で、恋人など作る時間を娘に与えるような人ではないのです」

「ははあ。すると、やはり音楽関係の——」

「本人でなくとも、その親とか教師に、コンクールへの執念を燃やしている者がありますかな」

「すると、大分容疑者の範囲は広がるわけですね」

「誤解しないでいただきたいのだが」

と朝倉は言った。「私は、捜査のお手伝いをする気で伺ったのではないのです。それはそちらがプロなのだから、お任せする。私のお願いは、コンクールの本選出場者の護衛です」

「それは……。分かりました。総監から特に私のところへ電話があったので、何事かと思っていたのですが」

「そちらの本業からは逸脱した仕事であることはよく承知しています。しかし、彼らにとっては、生涯の重大な契機だ。一人の不心得な人間のために、有望なアーティストを失いたくないのです」

朝倉の、力強いバリトンの声は、応接室の空気を震わせた。

「――分かりました。総監の了承は必要ですが、極力ご希望に沿うようにいたしましょう」

「それはありがたい」

朝倉がホッと息をついた。

「決勝――本選というんですか――それに残ったのは、何人でしょう？」

「七人です。しかし、何も一人一人にボディガードをつけていただくことはありません。彼らは、みんな三日後からは一箇所に集まって暮らします」

「ほう？」

「新曲の楽譜を手渡し、一週間の間、決められた場所で過ごすのです。その間、外出はもちろん、電話、手紙も一切受けつけません」

「それは厳しいことですね！」

栗原は目を丸くした。

「心配なのは、その一週間です。かなり郊外の、林の中の屋敷を、今そのために改装しているのですが、彼らはそこで一週間、孤立するような形になる。――もし誰かがその一人を狙おうとすれば――」

「あるいは、その中の一人が、ですね」

「さよう。あの閉ざされた空間では何が起こるか分かりません」

朝倉はゆっくりと肯きながら、「彼らはみんな若い。――一週間の間、一箇所に閉じ込められて、外との連絡を絶たれるのですから、神経の弱い者はとてももちません」

「しかし、そこまでやる必要があるんでしょうか？」

「彼らのためです」

と朝倉は言った。「プロの演奏家というのは、厳しいものです。絶えざる緊張の中で生きて行かねばならない。この一週間のプレッシャーで参ってしまうようでは、とてもプロにはなれません。学校の教師ぐらいにはなれるだろうが……」

「なるほど。精神力もコンクールの要素の一つというわけですね」

「そのとおりです」

「それでは……その一週間の間、そこに警官を置くようにいたしましょうか？」

「制服の警官がデンと構えていては、やはりまずいのです。いわば正常な状態でのプレッシャーならともかく、異常事態では、こちらの責任ですからな。だから、私服の刑事さんをつけていただければありがたいのです」

「刑事ですか」

さすがに栗原も渋る。何しろ多忙なときだ。余分な人手というものは全くないのである。

「あまり目立たない人がいいですな」

朝倉のほうは呑気に注文をつけている。「いるかいないか分からないというような……。それでいて腕前も確かでなくては困るのですがね」

「ははあ」

と栗原は肯いた。ここまで来れば全部希望を聞いてやれ、という気になる。それにぴったりの奴などいるわけがないのだが。

「それ以外には何かありますか？　例えば、多少の音楽的素養があるとか……」

「いや、それは逆です！」

即座に朝倉が言った。「新曲の解釈については、一切誰の助言もうけてはいけないという絶対条件があります。少しでも音楽の分かる人では、何か意見を述べることもあり得るでしょう。もう少しテンポを早くしたほうがとか、ゆっくりにしたほうが、とか。それだけでも違反になります」

「はあ……。ここは一つ、絶対的な音痴の人でないと困ります」

「はあ……。絶対音感でなくて絶対鈍感ですな」

「そういうことです。ベートーヴェンといえば〈第五〉のジャジャジャジャーンしか知らないというような人がいい」

「なるほど」

栗原は絶望的な気分になって来た。尊敬する朝倉宗和の頼みである。叶《かな》えてやれば、喜んで年末の「第九」の招待券でもくれるかもしれない。そうすれば五千円儲《もう》かる。五千円あればウイスキーが……。いや、そんなことはどうでもいいのだが。

「それに、もう一つ付け加えさせていただけば――」

と朝倉が言った。「参加者たちはみんな大変ナーバスになっています。特に本選の日が近付くにつれ、女性などはヒステリーも起こしかねないほど緊張します。そういう彼らの心情を思いやれる、繊細な神経の持ち主であってほしい」

「さようで」

「それにもう一つ。当然その刑事さんは男性だと思われます。本選に残った七人のうち、四人は女性。それもみんな若い音楽学校の学生や研究生がほとんどです」

「はあ」

「彼女たちと刑事さんの間に——その——何かがあっては困ります」

「そんな不謹慎なことは決して——」

と栗原がむきになって言いかけると、

「いやいや、そうではないのです」

と朝倉が首を振った。「彼女たちのほうが、刑事さんへ襲いかかることもある、ということです」

「まさか！」

栗原は目を丸くした。

「過度の緊張の中で、はけ口を求める、といいますかね。特殊な心理状態ですから、進んで手近な男性に言い寄ったりする例が実際あるのですよ。競争相手の男性以外となると、この場合はその刑事さんしかない。その手の誘惑に決して負けない人がよろしい。――ま、こちらの希望はこんなところですが」

栗原はため息をついた。いるかいないか分からないほど目立たない、それでいて有能、音痴でかつ繊細な神経を持ち、女に言い寄られても退けられる……。

いくらコンピューターが発達しているからといって、これだけの条件を打ち込んでやったら、まず〈該当者なし〉と打ち出して来るのは必至だ。でなければ〈マジメニヤレ〉とでも言って来るかもしれない。

「どうです！　適当な方はありませんか？」

朝倉に訊かれて、栗原は仕方なく、

「そうですね、まあ――」

と言いかけて、ふとある考えが閃《ひらめ》いた。「そうだ！　あいつがいい！」

「誰かいましたか？」

「はあ、ぴったりのが。目立たず、音痴で神経繊細、女性恐怖症という男がいます」

「それはいい！」

朝倉が顔を輝かせた。声がテノールに近くなって、室内の空気がピリピリと鳴るようだった。

「ぜひその人をつけてください！」

ただ一つ問題は〈有能〉かどうかという点だったが……。しかし、栗原としては、朝倉宗和を失望させるに忍びなかった。

「分かりました。お任せください」

と栗原は肯いた。「一つ、お願いがあるのですが——」

「何です？」

「そこに猫が一匹いても構いませんか？」


「じゃ、お兄さんが、スタンウィッツ・コンクールの本選に残った人たちを？」

「そうなんだ」

片山は至極ご満悦という様子だった。「課長の話じゃ、こういうデリケートな仕事は、俺にしかできない、っていうんだよ」

「ふーん」

晴美は何だか、まだ腑《ふ》に落ちないという顔だった。「でも、どうしてホームズまで連れて行くの？」

「さあね。三味線じゃないからいいんじゃないか？」

まるでピンボケの返事をして、「おかわり」

「はあ……」

と茶碗を差し出した。

「でも、よかったわ。これであの桜井マリさんの護衛もできるし」

「彼女一人を守るわけじゃないぞ」

「分かってるわよ。でも狙われたのは事実じゃないの」

晴美が自信をつけた様子で、「私の言うことを聞いて警戒してりゃ、その腕切り魔だって捕まえられたかもしれないのに」

「今さら言ったってしようがないだろ」

と片山はお茶をご飯にかけながら、「一週間骨休めして来るよ」

「呑気なこと言って」

晴美は兄をちょいとにらんだ。「責任重大なのよ。分かってるの？」

「それぐらい分かってるさ。いくら俺でも、刑事なんだからな」

「あら、初耳だわ」

と晴美は言った。それから、夕食の真っ最中のホームズのほうへ向いて、

「あなたが頼りよ、ホームズ。頼んだわよ」

と言った。ホームズは、ピクッと耳を動かしたが、そのまま平気で食事を続けていた。

「でも、まだ後二日あるんでしょ？」

と晴美は言った。「その間はどうするの？」

「うん、その間は地元の警察から刑事が来ると言ってたよ」

「へえ。じゃ、桜井マリさんにくっついてるわけ？」

「桜井マリだけじゃない。七人全部さ」

「どうして？」

「他の参加者の親から文句が出たんだ。一人にだけ護衛をつけるのは不公平だってね」

「でも、狙われたのはマリさんだけよ」

「みんな我が子こそ最有力候補だから、狙われるに違いない、って言い張ってね」

「呆れた」

晴美は笑いながら、「狙われないのが不名誉みたいな言い方ね」

「難しいもんだよ、プライドの問題は」

と片山は分かったような顔で肯いた。


「もう、今日ぐらいはいいじゃないの」

とマリはうんざりした顔で言った。

「だめ」

母の充子は、頑《がん》として聞かない。

「一日ぐらいジョギングやめたからって、どうってことないわよ」

とマリは主張した。「それに、一週間は、外へ出られないんだから、ジョギングもできないのよ」

「中でやりなさい」

「廊下を？　冗談じゃないわ。笑われちゃうわよ」

「最後に笑うことが問題なのよ。他の人には笑わせとけばいいの」

何しろ言い出したら、てこでも動かない充子である。マリはため息をついた。

「――分かったわよ。今朝もパトカー先導なの？　みっともないったらなかったわ」

「今朝はまだのようよ。早く来てくれないと、こっちの予定が狂うのにね」

と文句を言っていると、玄関のチャイムが鳴った。「あ、来た来た」

二人で玄関へ出ると、

「目黒署の者です！」

と威勢のいい声がする。あら、とマリは思った。どこかで聞いたことのある声だ。

充子が、ドア越しに、

「警察手帳を見せてください！」

と声をかけた。マリは恥ずかしくて真っ赤になった。覗き穴から見ていた充子は、やっと安心したらしい。チェーンを外し、鍵を開けた。

「――おはようございます」

マリは目を丸くした。ジョギングウエアに身を包んだ大柄な男が立っている。

「まあ、その格好は?」

充子は呆れ顔で言った。

「お嬢さんをとっさの危機からお守りするには、一緒に走るのが何よりですから」

と刑事が言った。

「あら、あなた——石津さんでしょう」

とマリは言った。

「いつぞやはどうも」

石津が会釈して、「準備はよろしいですか?」

何がどうなっているのか、まるで分からない充子が呆然としている間に、マリはさっさと外へ出て行った。

石津も一緒に走り出す。

「——なるほど、片山さんが護衛役ですか」

軽く走りながら、石津が言った。

「ええ。何だかお手数かけて悪いわ。母がうるさいもんだから……」

「いや、片山さんもきっと喜んでますよ」

「そうかしら?」

「何しろ殺人事件があると卒倒する人ですから」

　と、かなり誇張している。

「この間、電話に出てくださった女《ひと》のお兄さんなのね？」

「そうなんです。妹さんよりは大分見劣りがしますが、人はいいんです」

　マリは吹き出した。

「面白そうな人ね」

「それはもう。——本人は真面目だから余計面白いんです」

「今頃くしゃみしてるんじゃない？」

　二人はゆるい坂を上って行った。

「ところで、決勝はいつなんです？」

　と石津が訊いた。

「一週間後よ」

「大変ですねえ」

「仕方ないわ。このために毎日頑張ってるんですもの」

「で、決勝は何メートルなんです？」

「え？」

「長距離ですね、きっと」

と石津は言った。「この前、確かヴァイオリンを持ってましたね。ヴァイオリンも弾くんですか？」

マリは何と答えていいものやら、しばらく考えていたが、

「――まあ多少は」

と言って、こみ上げて来る笑いをかみ殺した。――二人は並んで走りながら、坂を上り切り、公園の傍を今朝は通過した。

「あの角を曲がった所だわ」

とマリは言った。「もし本当に私が狙われたんだったら、申し訳ないわ……」

「あなたのせいじゃありませんよ。世の中には、ずいぶん妙な奴がいますからね」

妙な奴。――けれども、はた目には、私たちも〈妙な奴〉と映るのじゃないかしら、とマリは思った。

ヴァイオリンに総てを賭け、コンクールの一日のために何年もの歳月を費やし、その勝利のために――そう――認めたくはないが、人によっては、ライバルを傷つけるようなことをしかねない。当人たちよりもその親や、教師に、むしろそういう人がいる。

その人たちにとっては、ベートーヴェンもモーツァルトも、何の意味もないのだ。

ただ、勝つための方法でしかない……。

あの、腕を切られた人の血を見たショックは、マリの中に尾を引いていた。ふと、疑いが

心の中に芽生えて来たのだ。これほどまでして、なぜ競わなくてはならないのか。音楽はそもそも喜びのためにあるのではなかったのか……。

今さら、コンクールを拒むつもりはなかった。母のためにも、ベストを尽くさねばならない。しかし、あの犯人が、コンクールのために自分を狙ったのでなかったら、どんなに気が楽だろう、と思わずにはいられなかった……。

5

「マリ、時間よ」

充子が部屋へ入って、驚いた。「——どうしたの？」

マリが、もうすっかり仕度を終えて、机に向かっていたからだ。

「おはよう」

とマリは微笑んだ。「私だって、多少は緊張するわよ」

「それにしたって……。まだ一週間あるのよ。今からそう固くなってちゃだめよ」

「お母さんの注文は難しいんだから」

と、マリは笑った。「早く起きろ、って言ったかと思うと——」

「まあいいけど……」

充子は心配そうに、「体の具合はどう?」

「うん。別に異常なしよ」

「十時頃、迎えの車が来るんでしょ?」

「そのはず」

「スーツケースは?」

「昨日、お母さんが下へ持って行ったじゃないの」

「ああ、そうか」

「いやね、お母さんのほうがよっぽどあがってるじゃないの」

とマリは笑った。

「さあ、ヴァイオリン持って。朝はちゃんと食べて行かないと」

「お母さんったら、別に海外へ行くわけじゃないのよ」

階段を下りながら、マリは言った。

「海外なら、電話もできるけど、今度はそれもいけないんだから……。まあ、思い切りやって来るのね」

「いやになるほどね」

とマリは言った。「——あんな大きなスーツケース持ってる子、いるかなあ」

「何もむだな物は入ってないわよ」

と充子は、マリへコーヒーを注いでやりながら言った。

「着替えにタオル、洗面道具、化粧品。――それから……まだ大丈夫？」

「うん。ちょうど中間よ」

「でも、緊張すると狂うことがあるからね。持って行ったほうがいいよ」

「じゃ入れておいて」

とマリは言った。自分でやればいいようなものだが、やらせたほうが母も喜ぶのだ。充子は急いで飛んで行った。――一週間の、始まりである。

マリはゆっくりとコーヒーを飲んだ。鋭い緊張が体に漲《みなぎ》って来る。今までにも、コンクールには何度も出ているが、その当日の朝の気分というものが、マリは決して嫌いではない。むしろ生来ののんびり屋なので、時々張りつめた瞬間を体験するのも悪くなかった。

しかし、今度ばかりは、そんなことを言ってはいられない。その緊張が、一週間続くのである。どんなことになるのか、マリには想像もつかなかった……。


「あいつ、まだやってるのか？」

と、父親が心配そうに言った。

「ええ」

母親も、時計を気にして、「もう呼んで来ますわ」

と立ち上がった。

「何か忘れ物でもあるといかん。少しは余裕を持つようにしなくちゃな」

植田克洋《かつひろ》はT音楽大学の教授である。娘の真知子がスタンウィッツ・コンクールの本選に残ったのは、大学の同僚たちの間でも自慢の種だった。

これで優勝してくれれば、もう言うことはない。いや、ぜひしてほしいと思っていた。

「あいつならやれる。――必ず」

植田は自分に言い聞かせるように呟いた。事実、真知子の実力は、優勝に充分値するレベルにあった。

ただ、もし問題があるとすれば、新作の解釈だろう。真知子は、もともと初見での演奏が得意とは言えない。もちろん一通り弾くことはできるが、全体を素早く見通す能力にやや欠けているのだ。

あらかじめ曲が分かっていれば助言もできた。いや、作曲者の名前でも、せめて分かっていれば、その傾向は見当がつく。

植田も、親しい音楽関係者や作曲家に、それとなく探りを入れてみたのだが、結局分からなかった。こんなことは初めてだ。

植田には、それがあまり難解な曲でないことを祈るしかなかった。

植田路子《みちこ》は、地下室へと下りて行った。

真知子が、メンデルスゾーンの協奏曲の第三楽章をＭ　Ｍ　Ｏ《ミュージック・マイナス・ワン》レコードで弾いていた。もう最後のコーダの部分だったので、路子は黙って待っていた。

「何だ、ママ、来てたの」

曲が終わると、真知子はやっと母親に気付いた。

「好調ね」

と路子は微笑んだ。

「まあまあだわ」

「そろそろ時間よ。仕度なさい」

「分かったわ」

真知子はメガネをかけ直して、弦を少し緩めてから、ヴァイオリンをケースへしまった。

「練習時間で言えば、きっとあなたがトップね」

と路子は言った。

「問題は本番よ」

「そりゃそうだけど、自信のつき方が違うでしょう」

路子はそう言って、地下室の中を見回した。およそ十二畳の広さの、この窓一つない地下室は、全く、真知子の練習のためだけに造られたのである。

誰も――真知子の親友といえども、地下室の存在を知らない。

真知子が中学生のとき、路子が夫を説きつけて、これを造らせたのである。その理由は、練習している音を、近所に聞かれないためだった。それも、決して騒音を気にしてとか、そんなことがきっかけではなかった。要は、何時間練習しているかを、他人に知られたくなかったのである。

「お宅のお子さんは、さぞ沢山練習をなさっていらっしゃるんでしょうね」

「いいえ、うちはちっとも……」

決まり文句の挨拶とは裏腹に、誰もが、子供の頃から、毎日数時間の練習を消化して来た。だが、真知子だけは、本当に練習していないらしかった。少しもヴァイオリンの音が外へ聞こえないのだ。

それでいて、真知子は常にトップの位置にあった。ほかの親たちは、かなり動揺した。

真知子は、毎日、ほかの生徒の倍近い練習を、完全防音の、この地下室で続けていたのである。

「向こうの練習室はどうなってるのかしら？」

地下室から上がりながら、路子は言った。

「さあ。噂じゃ、みんな個室で、各部屋ともドアは防音だそうよ」

と真知子は答えた。

「そう。それなら――」

「だめよ、もうその手は」

と真知子は笑って、「みんな必死だもの。小細工は通じないわ」

「そんなことないわよ！」

と路子は言った。「それこそ、みんな神経がピリピリしてるわ。細かいことが気になる。だから却って効果的よ」

「そうかしら？」

「そうよ。わざと練習時間をずらして、大して練習してないふりをするの」

「できればやるわ」

真知子はあまり気乗りのしない様子だった。

居間へ入ると、父親が落ち着かない様子で座っている。

「もういいのか、仕度は？」

「うん。大丈夫よ」

「まあ、頑張れよ。本選のときは行くからな」

「お父さんがちゃんと調べておいてくれれば優勝間違いなしなのにね」

と路子が言った。植田は渋い顔で、

「分かってるよ。できるだけはやったんだ。あれほど調べて分からないんだから、きっとほとんど無名の作曲家を起用してるに違いない」

「いいわよ、別に」

真知子は欠伸をしながら言った。

「よくありませんよ」

路子は眉をひそめて、「本選で勝たなきゃどうしようもないのよ」

「分かってる。勝つわよ」

「お願いよ。ウィーンでも、どこにでも行かせてあげるからね」

「行きたい所はほかにあるわ」

「どこ？　パリ？　ロンドン？」

「ディズニー・ランド」

と真知子は言った。「さて、仕度しましょっと」


大久保靖人《おおくぼやすと》は、七時ぴったりに目が覚めた。目を開いたとたんに、目覚まし時計が鳴り出す。——いつものとおりだ。

手を伸ばしてベルを止める。

六畳一間の安アパートでは、隣りの部屋の目覚ましで目を覚ますことも珍しくない。

「いよいよ、か……」

布団に起き上がって、大久保靖人は呟いた。緊張しているのかどうか、自分でもよく分からない。それが緊張している証拠なのかもしれないが。

いつもどおり、いつもどおりの生活をするのだ。それが一番いい。

手早く顔を洗って、布団を上げる。一週間、留守にするのだから、掃除ぐらいはしておかなくてはなるまい。

だが、七時頃では、まだ眠っている隣人もある。電気掃除機を使うとうるさがられるだろう。車は九時に迎えに来るのだった。朝食を軽く食べて、それから掃除にしよう。

大久保靖人は、財布を手にアパートを出た。部屋は二階なので、階段をガタガタと下りて、五分ほどの喫茶店へ向かう。七時から開いていて、出勤前のサラリーマンを相手に、モーニングサービスがある。

「あら、おはよう」

顔なじみの店の女の子が、水を持って来た。

「――一週間、留守にするんだ」

と大久保靖人は言った。

「どこか旅行？」

「そんなところだね」

「いいわねえ、学生さんは」

大久保は、アメリカンコーヒーをゆっくりと飲んだ。――七人の若者が、本選を目指して競う、一週間。しかし、たぶん七人の中で自分の力で生活費を稼ぎ、授業料を自分自身で支払っているのは、僕ぐらいのものだろうな、と大久保は思った。

予選で会った連中は、誰も彼も、良家の坊っちゃん、お嬢様ばかりだった。屈託なくおしゃべりし、ゲラゲラ笑って、のびのびとヴァイオリンを鳴らしている。

あの連中は、ヴァイオリンを、隣りの家に気兼ねしながら鳴らしたことなどあるまい。親の金で高いヴァイオリンを買い、極貧のうちに死んだ天才たちの作品を弾いているのだ。ただ――全く不公平なことだが、そんな連中の中に、真の天才がいることもあるという事実を、大久保も知らぬではなかった。

ほかの連中のことなど、考えまい、と大久保は思った。自分は自分だ。この一週間は自分との闘いなのだ。

これは、大久保靖人にとって、最後のチャンスだった。――息子を音楽家にする余裕など彼の家にはなかった。

長男で、親の面倒をみなくてはならない立場である。このコンクールに敗れたら、もうヴァイオリンは捨てる覚悟だった。

モーニングサービスのトーストを食べながら、大久保は、今度この店に来るときには、自分の人生が決しているのだ、と思った。

そう思っても、不思議に感慨はない。考えてみれば、自分にとっては、毎日が、追いつめられた戦いのようなものなのだ。

「どうしたの？」

店の子に訊かれて、大久保は顔を上げた。

「何が？」

「何だか、凄く思い詰めたような顔してるわよ。自殺でもするつもり？」


「――分かってるね」

電話を通して聞こえて来る男の声は、冷たく、抵抗しようもなかった。

「ええ、分かってるわ」

と彼女は答えた。

「このことが知れたら、僕も君も、おしまいなんだ」

「ええ」

「何も知らないことにしておくんだ。何もなかったことに――」

「承知してるわ」

「よし」

しばらく沈黙があった。

「じゃあ……」

「うん。向こうで会おう」

電話は切れた。

彼女は、しばらく受話器を持ったまま立っていた。それから、ゆっくりと受話器をフックに戻した。チーンという音が、心臓を締めつけるほど大きく聞こえた。

「車が来たわよ！」

桜井マリは、母の声に、立ち上がった。

表に出ると、マイクロバスが停まっていた。

「じゃ、行って来るわ」

「気を付けてね。――こんなバスじゃなくって、ちゃんとした乗用車を寄こせばいいのに」

「そんな文句言わないで。みっともないわよ」

とマリは笑った。

「ほら、スーツケース」

「はい」

運転手が降りて来てスーツケースを運び上げてくれる。

「ヴァイオリンを忘れないで」

「当たり前よ」

きまり悪くて、マリは赤くなった。

「おはよう」

バスから顔を出したのは、朝倉宗和だった。

「あ、朝倉先生。おはようございます」

マリはあわてて頭を下げた。

「娘さんをお預かりしますよ」

朝倉は微笑みながら言った。

「よろしくお願いいたします」

深々と頭を下げる母へ、

「それじゃ――」

と声をかけて、マリがバスに乗り込んだ。

「マリ!」

真知子が奥のほうの席で手を振る。

「真知子!」

ホッと救われる思いで、マリは真知子の隣りの席に座った。

バスが動き出した。

「凄い荷物になっちゃった」

とマリは照れくさそうに言った。「今のスーツケース、見た？」

「あら、でも、あれ一つなんでしょう？」

と真知子は別に驚く様子もなく、「私なんかあれと同じぐらいのが二つよ」

マリは目を丸くした。

「――諸君。おはよう」

前の席に座っていた朝倉が、立ち上がって、座席につかまったまま口を開いた。「これからの一週間が君らの正念場になる。詳しいことは向こうに着いたら説明するが、ともかく、合宿ぐらいのつもりで、リラックスして過ごしてほしい。もっとも休みに行くわけではないのだから、無理な話かもしれないがね」

――マリは、そっとマイクロバスの中を見回した。一、二、三……。七人、揃《そろ》っている。では、これで全部なのだ。

中には、ほかのコンクールで会って、顔に見憶えのある者もいた。

お互い、ぎこちないさりげなさを装って、顔を見合わせている。

「今乗って来た桜井マリ君で、本選に残った七人が全部揃ったわけだ」

と朝倉は言った。「ただ、もう一人、諸君と一緒に乗って行く人がある。――君たちも承知していると思うが、全員の警護に当たってもらう、警視庁の刑事さんだ」

真知子がそっとマリのほうへ囁《ささや》いた。

「どんなのが来るか、楽しみね」

「面白い人らしいわよ」

「面白いより、いい男のほうがいいな、私は」

「真知子ったら……」

二人はそっと笑った。

正直なところ、マリはそれほど真知子と親しいわけではない。真知子にはどこか近づきにくい壁のようなものがあって、親友といえるような人間はいないと噂されていた。それでも、こういう場では、誰よりも頼りたくなってしまうのが当然だろう。

「警察といっても、君らを監視するために来るわけではない」

と朝倉は続けた。「だから、君らは別に何も気にする必要はない」

マリは、そう言われても、何となく気が重くなるのを感じていた。自分が襲われそうになったせいで、刑事の見張りつきということになったのだし、警察と聞いただけで、あの、血だらけになった腕を思い出してしまうのである。

自分のせいではないと思いながら、刑事の存在が、この一週間を、ますます重苦しいものにするのではないかと考えると、申し訳ないような気がしてならなかった……。

「――もうじき、指定の場所ですが」

と運転手が言った。

「そうか。――その交叉点で待ってると言っていたんだが……」

「少し早目に着きましたからね。寄せて待っていましょうか？」

「そうだな。――ん？　あの走って来るのがそうかな？」

「ありゃ猫ですよ」

「人間も来るぞ、後ろから」

みんなが窓から外を見た。軽やかに、躍るように駆けて来る――のは三毛猫で、人間のほうは、ボストンバッグとコートをかかえて、ハアハア喘《あえ》ぎながらドタドタと走って来る。

「――あれが刑事？」

真知子が不信感を露《あら》わにして、「猫のほうがまだ刑事らしいわね」

「言い忘れていたがね――」

朝倉が言いかけたとき、開いた扉から、三毛猫がヒラリと飛び込んで来た。「この三毛猫も、警察の一員だそうだ」

「まあ可愛い！」

「こっちへおいで」

「いい猫ねえ」

たちまち女の子たちが声を上げる。三毛猫は軽く息を弾ませながら、通路を進んで行くと、桜井マリの足もとまで来て、座り込んだ。

「マリの専属のボディガードじゃない？」

と真知子が言った。

そのとき、バスの外で、ドタンバタンと派手な音がした。

走って来た刑事がすっ転んで、その拍子にボストンバッグの口が開いて、中の物が路上に散乱している。

刑事はあわてて、歯ブラシだの、石ケン、タオル、下着といったものを拾ってバッグへ押し込んだ。

「あら！　ステテコに穴があいてるわ！」

「見て、チョコレートが入ってるわ」

「遠足みたいね」

「罐詰《かんづめ》まで持ってるわよ」

バスの中は大騒ぎである。

やっとのことで散らばった物をバッグへ押し込むと、刑事は真っ赤になって、バスへ乗り込んで来た。

「あの……警視庁の者です」

「どうぞ。ご苦労様です」

朝倉は笑顔で迎えると、「いや、栗原警視さんのおっしゃったとおり、ユニークな刑事さんだ」

「片山といいます」

賞《ほ》められたとでも思ったのか、その刑事はにこやかに笑って言った。「——おい、ホームズ！」

と見回して、

「こっちに来てるんだぞ」

三毛猫のほうは、主人の命令を全く無視して、空いている席へ飛び上がると、優雅に寝そべった。

「——ちょっと変わった猫なので」

片山刑事が頭をかきながら言うと、

「いや、構いませんよ」

と朝倉は片山を隣りへ座らせた。それから、運転手へ、

「もういいぞ、やってくれ」

と肯いて見せる。

「まだ誰か来ますよ」

マリは窓の外を見た。

「あら、この間の——」

晴美だった。息を切らして駆けつけて来る。

「おい、どうした？　何かあったのか？」

と片山が腰を浮かすと、

「ハンカチ、忘れたわよ！」

と、ビニールの袋を渡して、「脱いだ下着はこれに入れてね」

と言った。

マリが思わず吹き出した。

第二楽章　アダージョ・カンタービレ（ゆっくりと歌うように）

1

広間へ入ると、皆が一斉にため息をついた。

「素敵！」

マリは呟いて目を輝かせた。

後から入って来た朝倉は、満足げに広間の中を見回した。ここはほとんど手を入れてはいない。ただ、徹底的に掃除し、椅子などの布をはりかえ、テーブルを磨《みが》き上げたのである。

天井から、これは新品のシャンデリアが下がっていて、朝倉は、ケチな須田が、よくこんなものを準備したものだと驚いたが、須田に、どこから金をひねり出したのかと訊いても、須田はなぜか答えずに笑っているだけだった。しかし、もちろん朝倉としては、反対する気も文句を言う気もない。

「さあさあ、みんな奥のピアノの前に集まってくれ」

と朝倉が声をかけた。「新曲の楽譜を配るよ」

ザワザワと一瞬のどよめきが、七人の間に走る。朝倉に従って、全員が広間のピアノの前の椅子に、ばらばらに腰をおろした。

片山は、入口の所でポカンと立ち尽くしていた。

「こいつは……まるで宮殿じゃないか」

と呟いて、「ここだけで、うちのアパートの何倍あると思う、ホームズ？」

発想がいささかみみっちいせいか、ホームズのほうはとっとと奥へ入って行って聞く耳持たぬ、という感じ。

「全く、大したもんだなあ……。映画でもやってくれないのかな」

と呟いていると、

「ちょっと失礼」

と後ろから声をかけられた。振り向くと、ちょっと見には看護婦みたいな白いエプロンをつけた女性が、紅茶のセットをのせたワゴンを押して立っている。片山がちょうど入口を塞《ふさ》ぐような格好で立っているのだ。

「あ、こりゃどうもすみません」

片山があわてて脇へ退くと、女性は、軽く微笑んで見せて、ワゴンを押して行った。

あれが、どうやら朝倉から聞いていた、料理その他もろもろの家事を一切任されている女性らしい、と片山は思った。一般的な「家政婦」のイメージとは大分かけ離れた、ほっそりした女性だ。名前は、ええと……。片山は手帳をめくった。名前を憶えるのが苦手なのである。

ああ、そうだ。市村智子だった。

さて、肝心の七人のメンバーを頭へ入れておかなくてはならない。片山は市村智子の後からついて、広間を奥のほうへ進んで行った。

スタインウェイのグランドピアノの前に立った朝倉が、思い思いの席に腰をかけた七人の若者たちに向かって、注意などを話しているところだった。

「——それから、緊急の場合を除き、電話をかけることも認めない。まあ諸君も若いのだから、恋人の声を聞きたくなることもあるだろうが、ここは、そういうことを忘れるためにあるのだ。一週間の間は我慢してもらう。なに、一週間ぐらい、心変わりせずに待っていてくれるさ。私の経験から言うと、十日間は大丈夫だ」

若者たちが笑った。片山は、朝倉が、かなり女性関係に浮名を流していることを、晴美から聞いていた。若者たちもそれを知っているので笑ったのだろう。

しかし、その笑い声は、やはりどこかぎこちないものだった。

「電話は一本だけ、二階の中央の部屋に引いてある。ここは片山刑事さんの使われる部屋だ。

緊急の連絡のときは、片山さんに申し出て、電話を使うように。——片山さんはお手数ですが、部屋をあけられるときは必ず鍵をかけてください」

朝倉が、話しかけたので、七人の視線が一斉《いっせい》に後ろを向いて片山へ集中した。

「か、かしこまりました」

片山はあわてて、手帳で顔を隠した。

「さて、何か質問はあるかね？」

朝倉は七人の顔を見回していたが、「ああ、そうだ。一応この七人は、これから一週間の間、生活を共にするわけだから、お互い見知っている人もあるだろうが、簡単に自己紹介をしてもらおう」

と、まず端のほうから指さして、

「君から頼むよ」

「はい——」

立ち上がったのは、三人の男性のうちの一人で、見るからに生真面目そうな青年だった。

「大久保靖人です。河内寿哉《かわうちひさや》先生の門下にいます」

まるで開会式の選手宣誓みたいな口調で言うと、ストンと座った。

片山は、朝倉から聞いていた七人についてのメモをチラリと見て、本人と結びつけようとした。

〈大久保靖人〉については、〈自ら働いて学費を稼いでいる苦学生〉とあった。確かに、一応、背広にネクタイというスタイルだが、どうにも上等の服とは言い難かった。俺の服といい勝負だな、と片山は思った。

他の六人が、程度の差こそあれ、かなり裕福な家庭の息子、娘という印象を与える中で、大久保は一人、自ら一線を引いて離れているような印象を与えた。座っていたのも、一番端で、誰とも隣り合ってはいなかった。

「さて、次は君だ」

と朝倉に指されて立ち上がったのは、ふっくらと丸顔の、マシュマロに目鼻をくっつけたような色白の娘で、

「あの……私……長谷《はせ》和美《かずみ》と申します」

と、もじもじしながら、今にも消え入りそうな声で言うと、「よろしくお願いします」

と、ピョコンと頭を下げ、座ってしまった。

長谷和美か。〈財閥の令嬢。まったくの箱入り娘だが、天与の才に恵まれている〉とメモにある。二十一歳のはずだが、全く、十六歳といっても通用しそうな可憐《かれん》さである。今でもこんな娘がいるのか、と片山は首を振った。

次は桜井マリだった。落ち着いた様子で名前だけを言って座った。彼女については、メモがなかった。狙われた当人である。最も注意を要することは言うまでもない。

医者の娘だということは、片山も知っていた。いかにも、そんな様子だが、わがままというか、驕《おご》っているような印象はない。落ち着いているというのも、度胸がいいからというよりは、これがごく自然の様子だ、という感じだった。

次は、隣りに座っている、メガネをかけた、小太りの娘で、

「植田真知子です」

と名乗った。桜井マリの友人だな、と片山はメモで確かめた。〈有力候補の一人。優等生タイプ〉とある。

「ここにいるマリとは友人どうしですが」

と植田真知子は続けて、「ここではライバルのつもりです」

と付け加えて、座った。どういうつもりの発言なのか、片山にはよく分からなかった。他の面々——桜井マリの顔にも、ちょっと当惑したような表情が浮かんだ。

友人同士だから、相談し合ったりするのではないかと疑われるのがいやだったのかもしれない、と片山は思った。

次は、ブルーのツイードに白ズボンという、地中海のヨットにでも乗っていそうな若者だった。

「古田武史《ふるたたけし》です。この一週間は、あれこれと気疲れするだろうと思います。しかし、また志を同じくする者が、こうして一週間、共同生活をするというのも、極めて稀《まれ》な機会とも言え

るでしょう。もちろん、決まりは遵守するつもりですが、それ以外のこと——音楽についてや、恋愛について、いろいろと語り合いたいと思っています」

スラスラと言葉が出て来る。——ちょっと苦味走ったいい男で、口も滑らか。メモに、〈プレイボーイの評判が高い〉とあるのも、肯けた。

それにしても、と片山はいささか憮然《ぶぜん》として考えた。ハンサムで金があって、頭も悪くないのに、その上ヴァイオリンが巧いというのは、どういうことだ？　こんな不公平な話ってあるだろうか？

別に片山が腹を立てる必要もないのだが、不公平税制に憤慨するサラリーマンのごとく、片山が顔をしかめているうちに、次が立った。

「あの——丸山才二《まるやまさいじ》です。こういうコンクールってのは初めてなんで、よく分かりません。よろしくお願いします」

これはまた口下手の典型みたいな、もっそりした大男である。あのごっつい手で持ったら、ヴァイオリンが壊れちまうんじゃないかという気さえする。メモに、〈地方から上京して来た学生で、未完の大器風〉とある。〈風〉がついているのが、朝倉らしいところだ。中年のおっさんの着るような灰色の背広姿がいかにも野暮ったい。古田とはいい対照である。

最後の女性は、指されないうちにすっくと立ち上がった。

「辻紀子《つじのりこ》です。ご存知でしょうけど、私の楽器は、一七一〇年のストラディヴァリです。これで負けては、ヴァイオリンのせいにできません。ですから、必ず私は勝ちます」

一気にそう言い終えると、さっと座ってしまった。一瞬、誰もが呆気に取られている様子だった。

鼻筋のよく通った、きりっとした美人で、有能な秘書を思わせる、銀縁のメガネをかけている。片山はメモを見た。〈男勝りの気性の激しさで知られる。コンクール荒らしのあだ名のある女性〉とあった。

朝倉が咳払いをした。

「――これで、七人の紹介は終わったわけだ。それから、一週間、諸君の面倒をみてくれることになっている、市村さんを紹介しておこう。特に今度のコンクールに協力したいというお気持ちから、無料奉仕を申し出てくださった。日用品、その他で必要な物があれば、調理場の奥が市村さんの部屋だ。そちらへ申し出るように。――市村さん、よろしくお願いしますよ」

窓際に立っていた市村智子が少し進み出て、

「みなさんが充分、お力を発揮できるように、精一杯やらせていただきます」

と、にこやかに微笑みながら言った。

「よろしくお願いします！」

威勢よく言ったのは、大男の丸山才二だった。みんなが笑いながら会釈する。

「さて、それでは、新曲の楽譜を配布することにしようか」

と朝倉が言うと、たちまち、広間はシンと静まり返って、緊張した空気が漲《みなぎ》った。

朝倉は、ピアノの脇に置いてあったアタッシェケースを取り上げると、

「知ってのとおり、曲はオーケストラとヴァイオリンソロのためのコンチェルトだ。君らが言わばこの曲の世界初演をやるわけだからね。君らの実力を存分に見せてほしいものだな」

朝倉がアタッシェケースを開けようとしたとき、

「先生、一つ質問してよろしいでしょうか」

と発言したのは、かの秘書風の美女、辻紀子だった。

「いいとも。何だね？」

「曲の解釈について他人と相談することは禁じられていますね」

「うん」

「外部と電話で話すこと、手紙のやりとりなども禁じられていますね」

「それが何か？」

「もし、それに違反した場合はどうなるのでしょう？」

「それは、その事実が確認されれば、本選への出場資格を取り消されるね」

「そうですか」

辻紀子はちょっと間を置いてから、「それでは、資格を取り消すべき人間が一人います！」

と言った。他の六人が顔を見合わせていると、辻紀子は、かのプレイボーイスタイルの美青年、古田武史を指さして、

「この人は即刻、ここから追い出すべきです！」

と言った。いや、それは正に〈宣言する〉という表現に相応《ふさわ》しい口調であった。


しばらくは誰も口をきかなかった。――最初に反応したのは、やはり当の古田武史だった。

「おい！　君は何を言い出すんだ！　一体僕が何をしたと――」

と、顔を真っ赤にして立ち上がる。

「何をした、ですって？　そんなこと私が言うまでもないでしょ」

辻紀子は臆せずに言い返した。

「何だと、君はまだこの前のM新聞のコンクールのときのことを――」

「もちろんそうよ。他に何があるっていうの？」

「あれは言いがかりだ！　そう判定が出たんだぞ！」

「証拠がなかっただけよ。あなたが私の解釈を盗んだのは明らかよ」

「そんな必要はないね」

と古田は、少し落ち着きを取り戻したのか、冷笑する余裕を見せて、「そんなことをしなくても、君に勝つぐらいわけはない」

と言い放った。

「言ったわね」

「言ったとも」

ここで、やっと朝倉が中へ入った。

「待ちなさい、君たち！ ——辻さん、君は前のコンクールのことをこの場へ持ち込んではいけないよ。君らの新曲への解釈が瓜《うり》二つだったという事件は私も聞いている。しかし、結局は偶然の一致という結論になったはずだろう」

「それは古田君の父親が裏から手を回したからです。そのことは誰でも知っていますわ」

片山はただ啞然《あぜん》としていた。全く凄いことを言う女性だ。

「ともかく、過去は過去。今は今だ。このコンクールに限って、もし違反の事実があれば、当然処分されるよ」

辻紀子は、ちょっと肩をすくめて、それきり何も言わなかった。

「ともかく、仲良くやってほしいね、君たちには」

と、朝倉はホッとした様子で、言った。「では、楽譜を配布するよ」

一騒動あったおかげで、却って不要の緊張は、ほぐれたようだ。

朝倉はアタッシェケースを開けた。中から分厚い、特大のパンフレットみたいなものを取り出す。一斉に、

「わあ……」

と、ため息とも驚きともつかぬ声が洩れた。朝倉が微笑んで、

「オーケストラの総譜だからこんなに大きいんだ。そう恐れをなすことはないよ」

と言った。

「作曲者は誰ですか？」

と、大久保靖人が訊いた。

「それは本選終了まで発表しないことになっている」

「曲を見りゃ分かるわよ」

と言ったのは、辻紀子だった。今の騒ぎなど、もう忘れてしまったようだ。

「さて、ここに七部、楽譜がある。これを一部ずつ諸君に配ると、私の手もとにも一部も残らなくなる」

と朝倉は言った。「原本が、作曲者当人の手もとにあるが、それだけだ。――では、頑張ってくれたまえ」

朝倉が一人ずつ手招きして、楽譜を手渡して行く。席へ戻る途中でもう開いて見ているのは大久保靖人や植田真知子、大して興味ないという様子で、受け取って来ても膝の上へ置いたまま、開きもしないのが、面白いことにさっき華々しくやり合った辻紀子と古田武史だ。

桜井マリと〈深窓の令嬢〉長谷和美、それにいかつい丸山才二の三人は、まるで火傷《やけど》でもし

そうな様子で、こわごわ譜を持ち帰ると、胸に抱いたり、表面を撫でたりしている。

片山がふと気付くと、ホームズが、スタインウェイの上へヒラリと飛び乗った。このピアノの価値が分かっているのか、爪を立てたりしないので、飛び上がった勢いで、スーッとピアノの上を滑走した。

あいつ、何を遊んでるんだ。片山は苦笑いした。ホームズはアタッシェケースの中をちょっと覗き込むようにして、それから勢いよく床へ飛び降りた。

朝倉がアタッシェケースを閉じた。

「さて、それでは幸運を祈るよ」

と言うと、七人の顔をゆっくりと見回した。片山はどこかでファンファーレが鳴っているような気がした。


「いい部屋だなあ」

片山は、自分の部屋で荷物を整理しながら言った。「こんな所ならしばらく滞在してもいいや」

ホームズが部屋のあちこちを見て回っている。まるで隠しマイクを捜しているスパイみたいだ。

「おい何してんだ。――ちゃんと浴室に、お前のトイレもあるんだ。心配しなくたって大丈夫さ」

片山は大きく伸びをした。「――まあ、ここなら血なまぐさい事件なんて起こりそうもないからな。気が楽だよ」

ホームズが、たしなめるような調子でニャン、と鳴いた。

「分かってるよ。油断はしないさ。そのために来てるんだからな。お前も頼むぜ」

ホームズは、部屋の隅にある書き物机の上に飛び乗って片山のほうを見た。「ん？　何か用かい？」

片山が近付いて行くと、前肢の爪を出して、そこにあったメモ用紙をガリガリ引っかき始めた。

「何やってんだ？」

片山が見ていると、引っかいた筋がきれいに並んで――七本ある。「七。七人のこと？　違うのか。そんな目で見るなよ。七、七……。今の楽譜？　七部あった」

ホームズが目をつぶる。ウンと肯くという感じである。

「七部しかないと言ってたな。まったく大げさなことをやるもんだなあ。たかが楽器のコンクールなのに……。ん？　何だい？」

ホームズが、もう一つ筋をつけた。

「これじゃ八になるぜ。――八？　そうなのか？」

片山は、さっきホームズが朝倉のアタッシェケースを覗き込んでいたことを思い出した。

「すると……八部あったっていうのかい？　あの中にもう一部？」

ホームズが目をつぶった。

すると、朝倉は嘘をついたことになる。そうなのだろうか？

いや、そんな大げさなことではないのかもしれない。ただ、一応主催者として、自分でも一部持っていたかっただけなのかもしれない。——たぶんそんなところだろう。

「なあ、ホームズ。この世には——人間の世には、って言うほうがいいかな——建前と本音ってものがあるんだ。才能のある人間は多少のわがままも許されるようにできてるのさ。だから、あの朝倉って人も、口では建前、手のほうは本音ってことなんだよ」

しかし、もし自分でも楽譜を一部持っていたいと思えば、そうして構わない立場に、朝倉はいるはずだ。朝倉が一部を手にするのは、むしろ当然のことと誰もが思うだろう。それを、なぜ敢《あ》えて隠したのだろうか？

こいつはやはり引っかかる。——とはいえ、自分の役目は、ここに集まっている七人のメンバーの警護である。コンクールそのものの内情にまで立ち入ることはできない。その限界は、わきまえておかなくては……。

もちろん、それが何かの事件に結びつけば別の話だ。しかし、片山は晴美と違って、何か起きてほしいと思うような、冒険心は持ち合わせてはいなかった。冒険心というより、むしろ野次馬根性と言ったほうが近いかもしれないが……。

急に電話が鳴って、片山は飛び上がりそうになった。

「何だよ、びっくりさせて……」

と胸を撫でおろす。別に電話のほうとしては、びっくりさせてやろうという気はなかったはずだから、文句を言われる筋合いはないはずだが。

「はい、もしもし」

受話器を取ると、片山は、電話の応対の下手な見本みたいな言い方をした。

「あ、お兄さん？」

「何だ、晴美か。よく分かったな、この番号が」

「課長さんに聞いたわ」

「課長が言ったのか？　何だ、極秘だなんて言っといて、案外口が軽いんだからな」

「命にかかわる問題だから、って言ったの」

「おい、何かあったのか？」

「大したことじゃないんだけど……」

「言ってみろよ」

「私ね、石津さんと結婚したの」

片山がショックの余り石像のごとく動かずにいると、晴美がクスッと笑って、

「嘘よ」

「おい……ひどいじゃないか！」

「この間のお返しよ」

「あのとき、俺の顔を引っかいたじゃないか」

「あれは罰であって、仕返しじゃないわ」

「どう違うんだ？」

「そんなこといいけどさ――」

「よかあない。石津の奴、ぶん殴ってやる」

わけも分からず殴られては、石津こそいい迷惑だろう。

「それより、そっちは順調？」

「順調ったって、まだこれからだぜ」

と片山は笑って、「しかし、二、三の問題は早くも持ち上がってるけどね」

「それ、何のこと？　教えてよ！」

「おい待てよ、この電話を私用に使ってはいけないと――」

「あら、事件のことを話すのが、どうして私用なの？　私がすばらしい推理を見せてあげられるかもしれないじゃないの」

晴美に逆《さか》らってもむだなようだ。片山は、独身でありながら、女房の尻に敷かれる亭主の気分を早くも味わっていた。

片山が、参加者同士のもめごとと、朝倉が持っていた、もう一部の楽譜のことを話してやった。後者のほうが、晴美にはお気に召したらしい。

「もう一部の楽譜ね。――これは何かありそうね」

「そう嬉しそうに喉《のど》を鳴らすなよ」

「失礼ね。ホームズと間違えないで」

と晴美は言って、「それじゃ、頑張ってね、お兄さん」

と、さっさと電話を切ってしまった。

「何だ、あいつ……。別に用ってわけでもないんじゃないか」

受話器を置くと、片山は、椅子に丸くなっているホームズのほうへ向いて、「なあ、どうだい？　何か起こると思うか？」

と言った。ホームズは何も答える気はないようで、そのまま目をつぶってしまった。

2

「お前がそう苛々したって仕方ない」

と桜井利夫《としお》は、読んでいた海外の医学雑誌から目を上げて言った。

普通、医大の教授ともなれば、その座にあぐらをかいていても充分につとまるものなのだが、桜井利夫は真から学究肌の人間で、何しろ勉強さえしていれば幸せだという男だった。外見は、いかにも教授然とした紳士で、軽く外国語の二つや三つは操れる、という感じである。

もっとも、この点は、厳密に言うと間違いで、桜井は五カ国語を話すことができた。それには天与の才というものも力があったには違いないが、こうして食後の、普通のサラリーマンなら、TVでも見てゲラゲラ笑っている時間に、医学論文を読んでいるという生活態度の賜《たまもの》だと言っていいだろう。

もっとも、桜井にとっては、TVを見るというような辛い作業よりは、こうして勉強しているほうが、よほど楽しく、面白かったのだ。音楽一筋の、妻の充子が、世間的な感覚からいえば、ちょっと変人であるのと、好一対というところだった。

「あなたはマリのことが心配じゃないの?」

充子は、さっきから居間の中を、回転木馬よろしくぐるぐると巡っていたのである。

「マリはもう子供じゃないよ」

と桜井は言った。「それに、何も世界の涯《はて》へ探険に行ったってわけじゃあるまいし。何をそう心配するんだ?」

「今日は一日目ですよ。夕ご飯は喉を通らなかったんじゃないかしら? 胃の薬は持たせたけど、神経性の胃炎は薬じゃどうにもならないわ。眠れなくてノイローゼになるんじゃないかしら？　風邪を引くと長引くし、口内炎ができやすい体質だし……。あなたの遺伝よ！」

「そんなことで怒ったってしようがあるまい。あの子は大丈夫さ。あれで意外と神経の太いところがあるんだ。私の遺伝でね」

「本当にあなたって人は冷たいのね！」

と、充子のほうがよほどヒステリックになっている。

「そんなに心配だったら、スーツケースに入ってついて行きゃよかったんだ」

と桜井にしては珍しい皮肉を言った。

「私の入れるようなトランクがなかったのよ」

と、充子が真顔で言ったので、今度は桜井のほうがびっくりした。「それに、あんな危ない目に遭った後だし……」

「だから、ちゃんと刑事さんもついてってくださるんじゃないか」

「当てになるもんですか、警察なんて」

「自分で、何とかしてくれと朝倉先生へ頼んでおいて、それはないだろう」

と桜井は苦笑した。

「それにしたって、一週間、まるで連絡の取りようがないなんて、心配でしようがないわ。せめて一日に一回、声を聞かせるぐらいのことはしてもいいのに」

桜井は論文のほうへ注意を戻した。充子の愚痴に付き合ってはいられない。

そのとき、廊下で電話が鳴り出した。充子が弾《はじ》かれたように駆けつける。

「——あなた、和田先生」

と、半ばホッとしたような、半ばがっかりしたような顔。桜井が廊下へ出て行って、話を始めると、充子は初めてソファに腰をおろした。

「これじゃ親のほうがノイローゼになりそうだわ」

と独り言を言っていると、今度は居間の電話が鳴り出した。桜井家には二本電話が引いてあるのだが、電話帳に出ているのは一本だけで、今、桜井が出ている廊下の電話。もう一本、この居間の電話は、割り合いに親しい友人、親類などにしか教えていない。

「はい、桜井でございます」

と受話器を取るのも、だから気は楽だった。「——もしもし？」

なかなか相手が出ないので、充子は、

「もしもし、どちら様ですか？」

と訊いた。

「奥さんですね」

低い、女の声だ。それもひどく老い込んだような、しゃがれ声である。充子が、一瞬ハッとして、素早く廊下のほうへ目を向けた。

「あなたは……」

「娘に会わせてください」

とその声は言った。

「しつこい人ね。そんな根も葉もないことを言って」

声は押し殺していたが、口調は激しかった。

「マリは私の娘です……」

相手の声は憐《あわ》れっぽい調子になって来ていた。「マリを返してください……」

「言いがかりもいい加減にして」

と、充子は言った。廊下では、夫がまだ話をしている。

「私はただ……」

「いいこと。話をつけましょう。今どこにいるの？」

「どこ、って言われても……」

「この近くにいるんでしょう？」

「ええ」

「うちの前から坂を上がって、公園があるのを知ってる？」

やや沈黙があって、

「知っています——」

と、ためらいがちな答えが返って来た。

「結構。今から一時間したら、その公園へ行くわ。待ってて」

「でも、私は――」

「話はそのときよ！」

ピシャリと言って、電話を切る。――ちょうど桜井も電話を終えて居間に入って来た。

「誰かから電話だったのかい？」

「そうなの」

充子は、平静を装った。「一緒にヴァイオリンをやってる方《かた》のお母様。見たい譜面があるんですって。後でちょっとその辺まで出て来ます」

「何だ、上がっていただけばいいじゃないか」

「あちらもお忙しいのよ」

と充子は言った。くどくど弁解したくないときには、これが一番の口実である。何しろ、今の主婦というのは、家事以外のことで、実に忙しいのだから。

桜井も、それで納得したようで、また医学雑誌を読み始めた。

「あなた、お風呂は？」

「うん……」

もう耳に入ってはいないのである。

充子は、タンスの並んだ納戸になっている小部屋へ行った。ハンドバッグが並んだ棚の奥へ手を入れると、封筒を取り出す。

ちょっと廊下のほうの様子をうかがってから、封筒の中から、一万円札の束を取り出した。

「――話をつけなくちゃね」

と呟くと、バッグの一つを取って、その中へ札束を納めた封筒を放り込み、パチンと口金を閉じた。

一時間後、充子は家を出た。表はちょっと風が強く、顔をしかめたが、そのまま足早に歩き出す。――マリのようにジョギングこそしていないけれど、年中出歩いているせいか、足は丈夫だ。ゆるい上り坂にかかっても、さっさと歩いて行く。

少し息を弾ませながら、公園へ向かう。

住宅地なので、夜もそう遅くはないのだが、ほとんど人通りも絶えてしまう。公園は、ひっそりとして、風の渡る音のほかには、物音らしいものも、聞こえなかった。

公園は、前にも書いたとおり、池と、それをめぐる遊歩道だけのものである。充子はその公園の入口に立って、周囲を見回した。

街灯らしきものが、ほんの三つ四つあるだけなので、遊歩道は大体が暗がりの中に呑み込まれている。見える限りでは、人影らしいものはなかった。――どこにいるのだろう？　それとも来るのをやめたのか。

じっと闇《やみ》の中をすかして見ていたが、充子自身、あまり目のいいほうでもなく、こうしていても仕方ないと思った。遊歩道を一回りしてみよう。

相手はちょっと頭のおかしい女一人だ。別に危険なこともあるまい。充子は、ゆっくりと歩き出した。

あの女が、マリと充子につきまとい始めて、どれくらいになるだろう？　二カ月――いや、三カ月ぐらいはたつかもしれない。マリのことを、自分の娘と信じ込んでいる様子で、しばしば電話をかけて来たり、マリの学校の近くをうろついていたりもしたらしい。大事なときでもあり、マリの気持ちを乱しては困ると、充子は、何度か電話に出る度に、女へ強く言ってやったのだが……。

理屈で言っても通らない相手というのは、全く困りものである。――今度会ったら、金で結着をつけてやろうと充子は、五十万円、用意しておいたのだった。

それで話がつくかどうか、自信は持てなかったが、ともかくやってみる価値はあるだろう、と思った。

充子は、池をほぼ半分回った。――人の気配は、全くない。では、結局来ないことにしたのかもしれない。ともかく、今はあの女もマリのほうへは連絡できない状態なのだから、その点は気が楽だ。しかし、肝心の本選の日にでも妨害されたのでは困るし……。

ともかく、充子はゆっくりと歩き続けた。遊歩道の外側を、木立ちと生垣が囲《かこ》っている。といっても、この側だけのことだ。夏の夜や、春の暖かい夜は、こんな小さな公園でも、恋人たちの姿があるのだが、こう寒くてはそんな物好きもあるまい。

充子は一本、街灯を通り過ぎた。もう、公園から通りへ出る口までは、明かりがない。ちょうど木立ちが、道路の光も遮って、一番暗い一角だった。

もう、いそうもない、と充子は思った。さすがについ足も早まる。木立ちの奥で、ザッと葉を踏む音がした。人影が風のように木立ちの間をすり抜けて飛び出して来た。

——若い恋人たちの情熱は、充子が考えている以上のものだった。というのも、この寒い中でも、公園の木立ちの奥で、抱き合っているカップルがいたからである。

もっとも、この二人にしても、自分たちが抱き合っているのは、愛し合っているからなのか、それとも寒いからなのかと考え始めているところだった。

「——今の音は？」

女のほうが体を起こした。

「水に何か落ちたみたいだな」

「その前に、悲鳴がしなかった？」

「さあ、気が付かなかったぜ。——何だろう？」

「行ってみましょうよ」

「よせよ。厄介事はごめんだぜ」

と男のほうは顔をしかめた。「前、一度財布落とすのを見てよ、そいつを追いかけてって渡してやったら、凄い目でにらまれちまったことがあるんだ」

「よっぽど疑い深い人だったのね」

「おまけに目の前で財布の中を調べやがんのよ。頭へきちまったぜ」

「可哀そうね。でも、それとこれとは別よ。ねえ、ちょっと立って」

「分かったよ」

男はため息をついて立ち上がった。

木立ちの間から、遊歩道へ出ると、

「暗くてよく見えねえな。——おーい！　誰か落ちたのか！」

と怒鳴った。遊歩道を走り去る足音がして、激しく水をかく音が聞こえた。

「あそこだわ！」

と女のほうが指さした。池の中央に、人の頭が出ていた。

「畜生！　何だってあんな所まで行っちまったんだ。——おーい！　大丈夫か！」

「助けて！　足が——つかない——」

女の声がした。

「早く飛び込んで！」

「人のことだと思って気安く言うなよ」

「後でラーメン一杯おごるわよ」

「ケチだな、全く。——よし、待ってろ！」

男は靴を脱ぐと、池へ身を躍らせた。

やっとのことで池から這《は》い上がった女は、身を震わせていた。

「大丈夫？　寒いでしょ」

「いいえ……。本当にありがとう……」

「どうして落っこちたんだい、おばさん？」

と男のほうが水から上がって息をついた。

「突き落とされたんです」

「まあ！」

と女のほうが目を丸くした。「じゃ、さっきの足音が——」

「姿を見ました？」

「いいえ、足音だけ。——でも、どうしてまた……」

「私、桜井といいます」

と立ち上がって、「本当にお礼の申しようもありません。うちがすぐこの近くですの。ご一緒にいらしてください。そちらの方もびしょ濡れですし」

「それじゃ、ちょっと寄らしてもらうよ」

と男は言った。「でもよ、おばさん、落っこちて、どうして反対に深いほうへと泳いでっちまったのさ？」

「誰か分かりませんが、突き落とした人が、棒みたいなもので私を殴ろうとしたんです。それで逃げたんですわ」

「へえ！　それじゃ、あんた殺されかけたってわけか」

「そのようです」

桜井充子は肯いた。


夕食はすばらしかった。

「これじゃ太っちゃう！」

と、植田真知子が笑って言ったのも、まあ当然かもしれない。

市村智子が、少なくとも料理の腕前においては、抜群のものを持っていることは、誰しも認めざるを得なかった。

ただし、食卓の雰囲気という点で言えば、こちらのほうは、すばらしいとはお世辞にも言いかねた。

第一日目ということもあってか、みんな口を閉ざして、黙々と食事を続けている。

片山は、どうも自分が場違いな存在であることを感じていた。年齢的にも一人だけ上だし、こちらはどういうつもりでも、七人のほうから見れば、監視されつつ食事をしているという気分になってしまうのではないだろうか。

食事の途中で、片山は調理場へ行った。市村智子が、デザートの準備に忙しく立ち働いていた。

「あら、刑事さん。何か足りないものでもございまして？」

「いえ……。実は――」

「猫ちゃんならそこでお食事中ですわ」

ホームズが部屋の隅で、上等な夕食に久しぶりでありついたという感じで、せっせと食べている。

「すみませんが、僕も一緒に食べさせてください」

「ここで？」

「どうも僕がいると、みんな堅苦しくなっちゃうようで、こっちも気詰まりですし」

「そうですか」

と市村智子は笑って、「別に構いませんわ。このテーブルでよろしいんですの？」

「はあ、もちろん結構です」

「じゃ、その椅子を持って来て、おかけになっててください。こちらへ運んで来ますわ」

「申し訳ありません」

片山はホッと息をついた。七人もの若者たち、それも四人が女性ときては、片山もストレスがたまる一方である。

――やっと落ち着いて夕食を済ませると、コーヒーをもらって一息ついた。これが一週間続くのかと思うと、もう今から疲れてしまいそうだ。

「――みなさん、食事を終えて広間へ行かれましたよ」

と市村智子が言った。「私もこれから食事をさせていただきます」

「あ、ああ――それじゃ僕は広間のほうにでも――」

部屋へ戻っちまおうかと思ったが、あんまり逃げ隠ればかりしていては、護衛に来た意味もない。仕方なく、片山はホームズを連れて広間へ入って行った。

「まあ、いらっしゃい！」

あの〈箱入り娘〉長谷和美が笑顔で迎えてくれた。――だがその相手はホームズのほうである。

片山は広間のソファに寛《くつろ》いでいるのが、長谷和美のほかに、プレイボーイの古田武史、大男の丸山才二の二人だけなのを見て、

「ほかの人はどうしたんだろう？」

と言った。

「みんなもう部屋でオタマジャクシと格闘中ですよ」

と、古田武史が言った。「全く熱心なことだ。辻紀子なんか、きっとベッドの中まで楽譜を連れ込むに違いないな」

片山は古田と斜めに向くように腰をおろした。

「君は彼女と仲が悪いようだね」

「別にこっちはどうとも思っちゃいないんですがね」

と古田は苦笑した。「彼女、あれでメガネを取ればなかなかの美人ですからね。ヴァイオリニストでなきゃデートを申し込むんだが……」

「みんな神経質になってるからな」

「そう思いますか？」

と古田がニヤリとして訊いた。

「そうじゃないの？」

「そういう人もあるだろうけど、そう見せかけている者もあるんですよ」

「なぜ？」

「ほかの人間の神経を苛立たせる手ですよ。ヒステリックにわめいてね」

「そこまでやるのかい？」

「コンクールは結局戦いですからね」

と古田は言った。「強い者が勝つ。そのための手段なら、どんなこともやりかねない」

「私はいやだわ、そんなこと」

と、長谷和美が、ホームズを膝の上に置いて喉をさすってやりながら、言った。「音楽は人の心を和《なご》ませるためにあるんでしょう」

「それとこれとは別さ」

古田が言った。「ねえ刑事さん」

「何だい？」

「音楽は好きですか？」

「よく分からないんだ。クラシックを聞くと眠くなっちまって……」

「まあ、本当にそんな人がいるのね、信じられないわ」

と長谷和美に言われて、片山はちょっと照れくさくなった。

「ちょっとその猫をお願いしていいかな？」

「ええ、もちろん。私、大好きなんです」

ホームズのほうも、いい気になって半ば眠りそうな顔である。

片山はホールへ出ると、食堂のわきにあるドアを開けた。朝倉の説明では、ここは書斎で
――。

「あら、片山さん」

本を手にして、ソファに座っているのは、桜井マリだった。

「やあ、どうも……」

片山は出て行こうかと思ったが、マリのほうが微笑んで、

「いつかは妹さんにお世話になりました」

と言い出したので、逃げるわけにもいかず、そろそろと中へ入って行った。ドアが両開きで、大きい割りには、部屋自体はそう広くない。十畳程度の広さだろうか。長方形の造りで、カーペットが敷きつめてあり、ドアのある側を除く三方の壁に、書棚がしつらえてあった。ソファが中央に四つ、向かい合う形で置いてあるが、どういうわけかテーブル、机の類は一つもない。

「何だか私のためにずいぶん無理をお願いしたようで、すみません」

とマリが言った。

「いや別に……。仕事ですからね」

つい丁寧な口調になる。固くなっている証拠である。

「部屋で——その——練習しないんですか？」

「あんな分厚い楽譜もらって、すぐに読む気しませんわ」

とマリは息をついた。「みんな偉いわ。私、とてもじゃないけど一晩しないと、ショックから立ち直れません」

「ショック？」

「あの厚味のね」

「なるほど……」

「ヴァイオリンは体力を使いますから、ピアニストに比べて衰えが早いんです。男性のほうが向いてるのかもしれませんわ」

「でもあなたは最有力候補なんでしょう？」

マリは笑って、

「みんな、実力は紙一重。後は運ですわ」

「そんなもんですかね」

「どの協奏曲を指定されるか……。シベリウスかバルトークなら私も得意です。でも、もし真知子がそれに当たったら、彼女は不利です。——本当に運次第なんですわ」

「誰が決めるんです？」

「本選当日に、委員会から言われるんです。どういう方法で決めるのかは分かりません。ともかく、どの曲も完全に弾けるようにしておかないと……」

「広間のほうに、古田君と丸山君、それに長谷和美さんがいましたよ」

「古田さんは私、嫌いですわ」とマリは言った。「女遊びも音楽も同じように考えてるんです」

確かに、そういうタイプだということは、片山にも分かった。

「でも、あの人の演奏はとても伸び伸びとしていて、閃きがあります。もしかすると天才なのかもしれませんわ。――片山さん、ヴァイオリンの形が女性の体をモデルにしたものだって説があるのをご存知ですか？」

「いえ……。なるほど、そう言われてみるとそうですね」

「ね？　首がいやに長いけど、胴がくびれてて、曲線の具合なんかもね」

「ろくろ首の女性だな」

「俗説なんで、本気になさらないでね。でも、古田さんなんか、だからこそヴァイオリンが好きなんだって、よく言ってますわ」

「プレイボーイ風ですね」

「私が弾くと同性愛ってことになるのかしら？」

片山は赤くなって咳払いした。純情なのである。

「それに演奏するときも、女性を愛するときと同じなんですって。左手はしっかりと支えて、右手は柔らかく撫でる……。音を出すのでなく、ヴァイオリンが自分で歌うようにするのが本当なんです」

「はあ」

ヴァイオリンって歌を歌うのかな？　こいつは初耳だぞ、と片山は思った。何語で歌うのかしら?

「ごめんなさい、刑事さんを捕まえてこんなお話をして」

「いや、面白いですよ。でも——練習の邪魔になっちゃ——」

と言いかけたとき、片山のポケットで、ベルが鳴った。「おっと」

「何ですの?」

「電話がかかってるんです。失礼」

片山は、書斎を出ると、二階の部屋へと駆け上がった。急いでドアを開けると、まだ電話が鳴り続けている。

「はい、片山」

「あ、片山さんですか」

「何だお前か」

石津刑事である。「ここへかけて来ちゃ困るぜ」

「いや、仕事の話なんです」

「お前がどうして——」

「桜井って子は目黒に住んでるんですよ」

「そうか。何かあったのか?」

「桜井マリって子の母親が殺されかけたんです」

「何だって？」

片山は、石津の説明を聞いて、桜井充子が命に別状ないと知ってホッとした。「犯人の手掛かりは？」

「それがさっぱり……。桜井充子も、暗くて相手の顔はまるで分からなかったと言ってるんです」

「しかし、こんな時間に、公園なんかで何をしていたんだい？」

「そこなんですよ」

と石津は当惑している様子だった。「本人は散歩してたんだっていうんですが、この寒い中、ですよ。変だと思いませんか？」

「そりゃ妙だな」

「被害者がそう言い張ってるんで、どうしようもありません。——ともかく一応お知らせしておこうと思いまして」

「分かった。桜井マリへは知らせたものかなあ」

「あ、それそれ。忘れるところでした」

「何だい？」

「桜井充子がですね、このことを絶対に娘に知らせてくれるな、って言ってるんです。今が大事なときなんだから、気持ちを乱したくない、と言ってましてね」

「そうか。分かった」

「それから、晴美さんからよろしくとのことでした」

「大きなお世話だ」

——電話を切ってから、片山はどうもいやな気分だった。桜井マリの母親が狙われた。状況から見ると、強盗や何かだとは、考えにくい。個人的な恨みか。それももちろん考えられる。

しかし、もう一つの可能性は、桜井充子を狙うことで、桜井マリを、コンクールから脱落させるための犯行、ということだ。

「そうなんだ。俺はここへ出場者の護衛に来たんだが……」

出場させないためには、必ずしも、その当人を狙う必要はないのだ。

まさか、そこまではやるまいと思うが、しかし、もしそんなことになったら、誰にも防ぎようがない。

「やれやれ……」

片山は、考え込みながら、下の書斎へ戻って行った。もう、桜井マリの姿はなかった。

3

朝倉宗和の手がゆっくりと円を描いた。

いや、正確には、その手に握られた指揮棒が、というべきだろう。音楽は、ピアニッシモの中へ溶けるように消えて、終わった。

少し間を置いて、拍手が湧《わ》き起こった。もう拍手していいのかしら、という戸惑いは、一瞬にして吹っ飛んで、大ホールを揺るがすような、拍手の津波が、オーケストラを呑み込んでいる。

「ブラヴォー!」

かけ声がそこここから飛ぶ。

石津がガくっと前へのめって、ハッと目を覚ました。

「ん? ——あ、晴美さん、終わったんですか?」

晴美は、拍手する手を緩めずに、

「ええ、そうよ」

と肯いた。石津も急いで拍手に加わる。

「いや、よかったなあ」

晴美は石津の言葉に吹き出しそうになってしまった。——大体石津をクラシックのコンサートへ連れて来たのが間違いで、石津が悪いのではない。

いびきをかかずに眠ってくれたのが、せめてもである。プログラムは例によって有名な曲ばかりで、メンデルスゾーン、リストのピアノ協奏曲、それにチャイコフスキーの「悲愴」だった。まあ、これが退屈で眠ってしまうという人間には、何をやっても子守唄に聞こえるだろう。

朝倉は、その年齢をとても感じさせない、きびきびした足取りで、二度、三度、ステージへ戻って来て、拍手と喝采《かっさい》に答礼した。

「まだやるんですか?」

と石津が訊いたのは、朝倉が、また指揮棒を手に壇上に立ったからだ。

「アンコールをね。大丈夫よ。短い曲だから眠る暇はないわ」

と晴美は言った。

アンコール曲は最初と同じメンデルスゾーンの、「真夏の夜の夢」のスケルツォだった。

「ブラヴォー!」

と拍手がまたひとしきり続いて、やっと聴衆が帰り始めた。

「さ、行きましょう」

晴美はレコードを一枚手にしていた。

「それもクラシックですか？」

「ええ、そうよ。朝倉宗和が指揮したブルックナーなの」

「ブル……。それも作曲家ですか」

「そうよ」

「僕はどうも弱くって」

と石津は頭をかいた。「ベートーヴェンの〈白鳥の湖〉しか知らんのですよ」

通路は人で溢れていた。晴美が人をかき分けて進み始める。

「あれ、晴美さん、出口は逆ですよ」

「いいの。楽屋へ行って朝倉宗和に会うの」

「へえ」

石津は目をパチクリさせて、「会ってどうするんです？」

「もう一部の楽譜」

「何です、それは？」

「何でもないのよ」

晴美は微笑んで、「石津さん、よかったら表で待っていてくれる？」

「ええ、いいですよ。じゃ、出口の所で」

晴美は、やっと空き始めた通路を辿《たど》って行った。〈関係者以外立入禁止〉の札があるあたりに、同様のファンらしい女性が四、五人、レコードを手に立っていた。

「ちょっと失礼」

晴美は平然と立札を無視して奥へ入って行った。――ごちゃごちゃと道具や机の置いてある通路を進むと、向こうから背広姿の男が歩いて来るのに出くわした。

何だか陰気そうな顔してる人だわ、と晴美は思った。

「何か用ですか？」

晴美に気付くと、男はぶっきらぼうに訊いた。

「朝倉先生にお目にかかりたいんです」

「ええ？　困るなあ、入って来られちゃ」

男は顔をしかめた。「先生はサインには応じないんだ。よほど機嫌のいいときでないとね」

「今、いいときかもしれないでしょ」

晴美はやり返した。

「ともかくここは立入禁止なんだから――」

「どうしたんだ？」

深い、よく響く声がした。コートをはおった朝倉が立っている。晴美は、ステージで見る以上に大柄な印象を受けた。男が、

「ああ、先生。ファンなんですよ」

と言い訳するように言った。

「レコードにサインしていただけないかと思いまして」

そう言って、晴美は微笑んだ。

「いいとも」

朝倉は魅力的な笑みを浮かべて、「須田君、オケの連中をバスへ連れて行ってくれ」と男へ言いつけた。

「はい……」

須田は、ちょっと奇妙な目つきで、朝倉と晴美を見てから、奥へ入って行った。

「サインするものは持ってるかね？」

と朝倉が訊いた。

「はい」

晴美はサインペンをバッグから取り出し、レコードを手渡した。「これにお願いできますか」

朝倉が馴れた手つきで素早くレコードのジャケットにサインした。

「――ありがとうございます」

「いや。……どこかで会ったかな、君に？」

晴美はびっくりした。確かに、あのマイクロバスに、兄を追いかけてハンカチを届けたとき、朝倉がそれを見ていたわけだが、ほんのチラリと見ただけだし、晴美の服装も違う。まさか分かるわけはないと思っていたのだ。

「先生の演奏会はよく聞かせていただきますので……」

と、晴美はごまかしておくことにした。

「そうか。いや、美人に関しては特に記憶力がいいのでね」

「まあ、恐れ入ります」

「一人かね？」

「ええ」

「どうだろう。これから軽く夜食でも付き合ってもらえんかな」

「よろしいんですか？」

「もちろん。では建物の裏手で待っていてくれたまえ。車で行く」

朝倉はそう言うと、足早に奥のほうへ戻って行った。

朝倉の派手な女性遍歴の噂は、晴美もよく承知している。実は、こうなることを狙って、やって来たのである。――お兄さんとホームズにばかり任せておく手はないわ。

どうも、晴美も探偵癖に取りつかれているようだ。

表に出ると石津が待っていた。

「やあ、どうでした？」

「ええ、巧く行ったわ。ね、石津さん、あなた悪いけど一人で帰ってくれる?」

「どうかしたんですか?」

「急用を思い出したの」

夜も十時近くである。こんな時間に用でもあるまいが、石津のほうは晴美の言葉を疑うなど思いもよらない。

「そうですか、それじゃ、その用が終わるまで待ってますよ」

「いいえ、何時になるか分からないから……」

「でも、責任を持ってお宅まで送り届けないと、片山さんにぶん殴られますから」

石津を何とか説きつけて、帰らせると、晴美は急いで建物の裏手へ回った。

オーケストラの団員を乗せたバスが走って行った。晴美があたりを見回していると、すぐに外車らしい車が近付いて来た。

「——待たせたかな?」

と窓から朝倉が顔を出す。

「いいえ」

「さあ、乗って」

ドアが開く。晴美は朝倉の隣りに乗り込んだ。

「素敵なお車ですね」

「これぐらいしか趣味がないのでね」

車が滑らかに動き出した。大欠伸をして、
石津は、駅のほうへとぶらぶら歩いていた。

「これじゃ嫌われちまうなあ……」

と呟いていたが——。えらく高そうな外国の車が石津を追い越して行った。

「俺の車より高そうだなあ」

石津も国産ながらスポーツカーに乗っているので、多少興味はあるのだ。その車がカーブして、助手席に乗っている女性の顔が見えた。石津は目を丸くした。

「晴美さん！」

とっさに、石津は駆け出して、通りかかったタクシーをつかまえていた。刑事の習性とでも言おうか。

「あの外車を追ってくれ！」

と警察手帳を見せる。

「はいよ。——凶悪犯でも乗っててんですか？」

「ん？ ああ……まあ、そんなとこだ」

誰の車かも分からないのである。しかし、ともかく、晴美さんを守る義務があるのだ、と石津は自分を納得させた。

豪華な家並みが続く、高級住宅地の一角、ごく普通の邸宅のように見えるレストランで、晴美は朝倉と軽い夕食を取った。

「――味はどうだったね？」

食後のコーヒーになると、朝倉が訊いた。

「おいしかったですわ、とても」

「それはよかった」

朝倉は微笑んで、「刑事さんはどういうものをお好みなのかな？」

と言った。晴美はちょっと目を見開いた。

「ご存知だったんですか」

「さっきも言ったとおり、美しい女性に関しては記憶力がいいのでね」

「申し訳ありません、別に嘘をつく気ではなかったんですが……」

「いやいや」

朝倉は首を振って、「そんなことで気を悪くしたりはしない。美女には特権を与えるべきだからね」

「恐れ入ります」

「で、何か私に用でも？　それとも、本当に演奏を聞きに来てくれただけかな？」

晴美はちょっと迷った。正面から、あの楽譜のことをぶつけてみようか。しかし、朝倉が不意をつかれてあわてるような人間でないことは分かっている。

何だ、そんなことか、と軽くあしらわれてしまいそうな気もするのだ。ここはまず巧く近付くことが先決だろう、と思った。

「実は私——」

と晴美が言いかけたときだった。

「ちょっとお待ちください！　お客様！」

と、支配人らしい声がした。顔を上げると、制止を振り切って、女が一人、店の中へと飛び込んで来た。

年齢は四十五歳ぐらいか、見るからに気性の激しい感じの女で、目を怒りにキッと吊り上げながら、店の中を見回した。そして朝倉を見付けると、

「先生！　こんな所で——」

と凄い形相で近付いて来る。

「やあ、辻さん」

朝倉は落ち着き払っている。「偶然ですな、また」

「偶然ではありません。先生を捜して参ったんです」

「そうですか。何かご用がおありで？」

「お分かりのはずです。もう三日目ですわ！　お約束を果たしていただきたいんです！」

三日目？――晴美は、ふと、辻という名に聞き憶えがある、と思った。本選のために、今カンヅメになっている七人の中に、確か辻という娘がいた。そして、あの七人があそこへこもってから、三日目になる。

「辻さん、あなたは何か誤解しておられるようだ。私は何一つ約束した憶えはありませんぞ」

「そんな……」

辻という女は、青くなった。「ご承知だったはずです！　私が先生に――」

朝倉が鋭く、

「お待ちなさい」

と遮った。その眼に見据えられると、相手も口をつぐまざるを得ない様子だった。

「私とあなたは大人同士ですぞ。何があろうと、それはその場限りという了解があるはずだ。私は別に何かの代償としてあなたを受け容れたわけではない」

どうも、かなり微妙な問題のようだ。本当なら晴美は、失礼します、と席を立たねばならないのだろうが、捜査上の必要から言えば、ここは粘るべきであると判断した。

「先生……。あの子には総てを注ぎ込んでいるんです。先生の力で何とか――」

「落ち着いてください」

朝倉は立ち上がると、女の腕を取った。「とにかく店の迷惑になる」

と晴美のほうへ、

「すぐに戻る」

と言って、女を連れ出して行った。ついて行きたかったが、そうもいかない。

十五分ほど待って、やっと朝倉が戻って来た。

「やあ、失礼した」

「いいえ。今の方、先生の恋人だったんですの？」

晴美は冗談めかして訊いてみた。

「向こうが勝手にそう思う場合が多いのでね」

朝倉はそう言って笑った。「――もう出るかな？」

「ええ。もう帰りませんと」

「そうか。ではお宅まで送らせよう」

「いえ、お構いなく」

ちょっとがっかりだった。朝倉が自宅へでも誘うかと思っていたのだ。

「そうはいかないよ」

「先生のお車で？」

「いや、ワインを飲んでしまったからね、車を呼んである。それを使ってもらうから。私はもう少し酔いをさまして帰る」

「ではお言葉に甘えて」

この後、今の女と会う気かもしれない、と晴美は思った。

「どうかな。明日は私も家にいる。遊びに来ないかね」

「よろしいんですか？」

「もちろん」

朝倉は、名刺を一枚出して、「さあ、ここだ。近くまで来れば、すぐに分かる」

「ぜひ、伺わせていただきますわ」

「今、建て直すので少しごたごたしているがね、寛いでもらう部屋ぐらいはあるよ」

「じゃ、明日――」

「待っているよ」

と朝倉は微笑んだ。

店の外へ出て、呼んだハイヤーが来るのを待っていると、不意に肩に手が触れた。

「キャッ！」

と飛び上がると――石津が立っていた。「ああびっくりした……。何してるの？」

「いや、実は尾行して来たんです」

石津が頭をかきながら言った。

ハイヤーなら何人乗っても同じというわけで、晴美は石津と一緒に乗って帰路へついた。

「心配かけてごめんなさい」

「てっきりホテルへでも行くのかと……」

「まあ、いやね！　信用してよ」

と晴美は笑った。

「でも、あの男、女たらしなんですか？」

「まあ……そんなところね」

「さっき、女がえらい剣幕で入って行ったでしょう」

「ええ。見ていたの？」

「出て来るとき、朝倉ってのがついて来ましてね。通りに女の車が停めてあったんです」

「それで？」

「女を車に乗せる前に、えらく熱烈なくちづけをしてましたよ」

くちづけ、とはまた古い言葉だ。「こっちが汗かいちまった」

「それはご苦労様」

と晴美は笑った。

するとやはり、朝倉はこれから、あの辻という女と会う気かもしれない。あれが本選候補の娘の母親だとしたら——どうも話の様子ではそうらしいが——朝倉が彼女と関係を持つというのは、いささかうまくないのではなかろうか。

いくら大人同士の関係と言っても、他人の目には疑わしく映るに違いない。

三日目までは無事に来たが――桜井充子のことはあったにせよ――これから、また何かありそうな気が、晴美にはしていた。

「すみません晴美さん」

「何なの？」

「腹が減って……。どこか食堂の近くで降ろしてくれませんか？」

石津は深刻そのものの顔で言った。

4

書斎は、すっかり片山の安息の場となっていた。

ここなら一人きりになれる。もめ事や、事件とは無縁でいられる。――刑事としては甚《はなは》だだらしのない話である。

まあ、三日目の夜を迎えて、今までのところ、まだもめ事らしいもめ事は起こっていなかった。相変わらず辻紀子と古田武史は、仇敵同士のごとく、一切口をきかず、広間で休んでいても、一番離れた席に座るという具合だったが、現実に殺し合っているわけでもない。

ともかく、みんな他人のことなんか構っちゃいられない、というのが本音のようだった。食事の時間、及びその後の、ごく短い休憩を除けば、誰もが部屋へ閉じこもって、練習に余念がない。——いや、別に部屋の中を覗いたわけではないから分からないが、中で漫画を読んでいるとも思えなかった。

各自の部屋は、壁に防音処理が施され、ドアも、まるで映画館か演奏会場の扉のように分厚い、重いドアに替えられていて、中の物音は全く伝わって来ない。

他人の練習の様子に聞き耳を立てるというわけにはいかないような造りになっているのである。

正直なところ、片山のごとき音楽に無縁の人間には、こうまでしなくてはならないのか、と疑問に思える。音楽はもっと気楽に楽しむものでいいんじゃないか、という気がするのだ。しかし、それは局外者の、無責任な見方なのかもしれない。幼い頃から、日に何時間という猛レッスンを重ねて来た彼らにとっては、このコンクールが世界を引っくり返すほどの大事件にも思えるのだろう。

事件、か……。もう三日経った。このまま何事もなく終わってくれれば、それに越したことはないのだが……。

今は夕食の後の息抜きの時間だった。片山も満腹で、こうして書斎で寛いでいると、ついウトウトと……。

急にドアが開いた。

「あら、刑事さん」

と微笑みながら入って来たのは、長谷和美だった。「お邪魔でしょうか?」

「いや、別に——僕の部屋というわけじゃないからね」

などと兄貴顔をしていられるのは、相手が小学校の「級長さん」をそのまま大きくしたような、あどけない感じさえする長谷和美なればこそである。つまり、妙な色気などというものが全くないから、片山としても安心なのだった。

「みんなは?」

「広間で、珍しくピアノ弾いたりして騒いでいますわ」

「君も一緒にやればいいのに」

「私、一人でいるほうが好きなんですの」

「そう……」

これは、出て行ってほしいという遠回しの表現なのだろうか? 片山としてはその辺は、はっきり言ってくれないと、どうしていいものやら分からない。女性はどうして何事にも遠回しな言い方をするのだろう? だから俺はいつも振られてばかりいるんだ。

片山が責任転嫁に努力していると、急に何やら柔らかい物が手に触った。ホームズの足の裏みたいな感じだった。フニャフニャっとしていて、暖かかった。何だ、いつの間に入って来たんだ。ニャンぐらいは言ってから入って来いよ。

ヒョイと顔を向けると、長谷和美の顔があった。それは当然だった。ただ、その間隔が極度に狭まっていて、約三センチもないほどだったから、片山の目が寄ってしまった。

やおら和美が抱きついて来る。やっと事態に気付いた片山は、あわてて身をよじって逃れた。

「や、やめなさい！　何するんだ！」

必死で後ずさりすると、お尻がソファから外れて床へ落下した。

「刑事さん――」

和美が片山の上へのしかかって来た。重い。――そう大柄というほどでもないのだが、ポッチャリと太っているので、重量はかなりのものだった。ドサッという感じで片山の上へ飛びかかったので、片山は息が詰まった。

「こら！　どきなさい！　――人殺し！」

刑事としては、あまり人に聞かせられないセリフである。

「刑事さん……お願い、電話をかけさせて」

「な、何だって？」

「お部屋の鍵を貸して。一時間でいいわ」

「で、電……電……」

デンデン虫の唄みたいだが、片山としては、

「電話は使っちゃいけないことになってるんだ」

と言いたかったのである。

「分かってるわ。そこをお願いしてるの。私、気が狂いそうなのよ！　電話をかけさせて！」

もう狂ってんじゃないのか、と片山は思った。

「ねえ、刑事さん、かけさせてくれたら、今度、お部屋に行ってもいいわ」

「な、何てことを……」

まるで無邪気な顔で言うので目を白黒させてしまう。

「お願い！」

と言うなり、両手を片山の首にかけた。

「や、やめろ！」

「お願いよ。絞め殺したくないの。でも、私、指の力が強いのよ」

そいつは片山もよく分かっている。このポッチャリした長谷和美にしたところで、指は長くて節くれ立っている。その点は全員に共通していた。ヴァイオリニストの手なのだ。

「離せってば！」

「死ぬのがいい？　それとも電話を使わせてくれる？」

原則的に言えば結論は明らかだった。命より電話機が大切だとは、グラハム・ベルだって思わなかったろう。

「殺さないと思ってるのね？」

ドカッと片山の上に座り込んで、和美は言った。「私、あなたに襲われて抵抗するうちに夢中で殺した、って言うわ。みんなきっと信じてくれるわよ」

指に力が入った。片山は必死で手をもぎ離そうとしたが、全然びくともしない。畜生！　ホームズの奴、何やってるんだ！

ウィリアム・テル序曲とともに、ローン・レンジャーが現われた——というわけではなかったが、ドアが開いて、

「あら」

と声がした。「失礼。お楽しみのところを」

辻紀子だった。

急に長谷和美が手を離すと、ヒョイと立ち上がった。片山は、雪山をさまよっていて、急に新宿の歩行者天国に出て来た遭難者のように、ポカンとしていた。

「失礼ね、黙って開けるなんて」

と和美が辻紀子へ突っかかるように言った。

「あら、ここは共有地よ。そういうことをやるのなら、お部屋でどうぞ」

「私たち、お話をしてただけよ」

と和美は言って、片山の横腹を靴のつま先でけとばした。片山は飛び上がった。

「ずいぶん変わった姿勢でお話するのね」

「悪い？」

二人の視線が火花を散らした。

「あんたも相当カマトトね」

と辻紀子が言った。

「何よ、あんたこそ男の噂が絶えないくせに！」

「ええ、そうよ。でもね、あんたみたいにお嬢さんぶったりしないわ」

この後の二人の罵《ののし》り合いは、片山の理解を絶していた。だんだん声が高くなるにつれ、広間のほうへも聞こえたらしい、他の面々が集まって来た。

「落ち着いて、和美さん」

と、なだめているのはマリだった。「——あっちへ行きましょう、ね」

「離してよ！」

いさめられたのが、逆効果だったのかもしれない。和美がマリの手を振り切るなり、辻紀子へ飛びかかって行った。

女二人がもつれ合って床へ転がった。

「誰か止めて!」

マリが叫んだ。

片山は、首を絞められかかったショックから、やっと立ち直っていたが、二人が取っ組み合いの喧嘩をしているのを見ても、どうも、止めに入る気にはなれなかった。今度はどんな目に遭うか分からない。

みんなも止めるよりは面白そうに眺めている。——植田真知子の姿だけが見えないことに、片山は気付いた。

一人、おろおろしているのはマリだった。

「この気狂い!」

「殺してやる!」

と上になり下になり、和美と辻紀子の闘いは続いていた。マリが片山のほうへ駆け寄って来ると、

「早く止めて!」

と腕をつかんだ。「手をけがしたら——」

片山はハッとした。和美が紀子の手にかみつこうとしている。

そうか。——ヒステリーを起こしての乱闘にしては、唐突すぎると思ったのだ。和美はわざと、喧嘩をふっかけて、紀子の手を傷つけるつもりかもしれない。

片山とて多少の——と形容しなくてはならないのが辛《つら》いところだが——職業意識は持ち合わせている。護衛としてやって来たからには、これを止める義務がある。

また首を絞められるかと思うと足がすくんだが、勇を鼓して、

「二人とも、やめろ！」

と怒鳴って、たまたま上になっていた辻紀子の肩をつかんで、ぐいと引き上げた。ビリッと音がして、紀子のブラウスが裂けて、肌が露わになる。片山が青くなった。

「何すんのよ！」

紀子が腕を振り回した。拳《こぶし》がみごとに片山の顎《あご》に命中して、片山は後ろへ吹っ飛んだ。書棚の角へ頭が衝突した。目から火花が出るというのはこういうものか、と片山は思った。暗闇《くらやみ》の中で火花は鮮やかにきらめいた。


「——大丈夫？」

目を開くと、ホームズの顔が見えた。「気が付いたのね、よかった」

ホームズの奴、いつから人間の言葉をしゃべるようになったのかな、と片山は思った。ヒョイ、と桜井マリの顔が覗いた。

「やあ……ホームズじゃなかったのか」

「え？」

「いや……何でも……」

起き上がって、片山は頭の痛みに呻《うめ》いた。

「もう少し寝てたら？」

「いや……大丈夫。ここは……」

書斎だった。してみると天国へ来たわけでもなさそうだ。

一緒にいたのは、桜井マリ一人だった。いや、ホームズ一匹も、である。

「みんなはお部屋へ帰っちゃったわ」

とマリが言った。

「喧嘩のほうはどうなったのかな」

「あなたのおかげでおさまったわ」

片山はちょっと考えた。頭を打って気を失ったのだから、その後で止めに入ったとは考えられない。マリがクスッと笑って、

「そうじゃないのよ。あなたが気を失っちゃったでしょ。だから、辻紀子さんもびっくりしたのね。死んだのかと思って青くなってたわ」

「それでやめたわけか……」

片山は苦笑した。「まあ多少役には立ったわけだ」

「でも、あの二人、どうしてあんな大喧嘩になったのかしら？」

「あのお嬢さんが僕を絞め殺そうとしたんですよ」

マリは目を丸くした。片山が事情を、穏やかな表現で話すと、

「そう……。見かけどおりの人じゃないとは思っていたけど。勝気な人でなきゃ、ここまでやって来られませんものね」

「人を絞め殺すぐらいでなきゃ、優勝できないのかな」

「――長谷さんを逮捕なさるの？」

「いや……却ってこっちが暴行罪で取っ捕まりそうだから」

「苛々してるのよ。三日間、家から一歩も出られないってことは、若い女の子にとってはとても苦しいものですもの」

そうだろうか、と片山は思った。長谷和美は、そのふりをしていただけではないのか。あれで辻紀子の手にかみついてでもいたら、辻紀子は当然、コンクールに出られなくなるだろう……。

「おい、ホームズ、お前も冷たいぞ」

片山は文句を言った。

「まあ面白い」

マリが笑顔になって、「人間並みの扱いなのね」

「生意気なこと、人間以上でね」

片山はそう言って、立ち上がると、歩き出したが、ちょっとふらついて書棚につかまった。

「気を付けて！」

とマリが立ち上がる。そのときホームズが全身を緊張させて、ニャーオと鋭く鳴いた。

「おい、どうした？」

この鳴き方はただ事ではない。片山がそう訊いたとき、突然、足下《あしもと》がグラグラッと動いた。

「地震だわ！」

「伏せて！　机の下に――」

と言いかけて、この書斎には机がなかったことに気が付いた。揺れが一段と大きくなった。

片山は、極めて悪い位置にいた。

棚にしがみついていたのはいいが、頭の上から本がどんどん落ちて来たのである。

「いてっ！」

さっき、したたか打ったばかりの頭の上に、分厚い百科事典がポカポカと当たった。片山は床に引っくり返った。

これで本棚が倒れて来たら一巻の終わりだ。――片山は目をつぶった。

震動がおさまって行く。

「――ああ、死ぬかと思った」

床に這いつくばっていたマリが、喘ぎながら起き上がった。

「もう済んだらしい……。いや、ひどい地震だったなあ」

片山は頭をさすりながら、本をわきへ押しのけて立ち上がった。軽い余震が来て、もう一冊、本が落ちて来て、片山の頭へ命中した。

「いてっ!」

片山は引っくり返った。マリが吹き出した。

「――笑いごとじゃないよ、まったく」

片山が頭を抱えながら起き上がった。

「ごめんなさい。でも、おかしくって……」

とまた笑い出す。片山も仕方なしに笑った。

「――まあ、無事でよかった。震度4か5はあったかな」

「みんな大騒ぎしてるわ、きっと」

「そうか。けが人がないか確かめないと」

片山は立ち上がってドアのほうへ行こうとした。ホームズが行く手を遮るように、目の前へ飛び出して来て、高く鳴いた。

「何だ、どけよ。――どうかしたのか?」

ホームズは書棚の下へ歩いて行くと、上のほうを見上げてもう一声鳴いた。

「ああ、けしからん書棚だから、引っかいてやれ」

と言って、片山は、ほとんど本の抜け落ちてしまった書棚を見上げたが……。

「変だな」

「――どうしたの？」

マリが当惑顔で訊いた。

「いや……。ほら一番上の棚をご覧なさい」

「一番上？」

「ほら、あの五、六冊の本だけが、一冊も落ちずに残ってる」

「そうね。――特別重いんじゃないかしら」

「それにしたって、横倒しになるぐらいはするはずだ。それがあれだけ固まってちゃんと立ってる……」

片山は、ソファを書棚の下へ持って来ると、それに上がった。足が潜ってあまり効果がない。仕方なく、棚に足をかけて、よじ登ると、その五冊の、大判の本の背表紙に手をかけた。

「あれ」

五冊分の背が、一度に外れて来た。「見せかけなんだ！　――本じゃない」

「それじゃ一体――」

片山は、本の背表紙だけをつなげたような覆いを、わきへのけた。

降りて来た片山は、一台のカセットレコーダーをソファに置いた。

「まあ、カセット。——何なのかしら？」

「ただのカセットじゃないな。——ＦＭを受信できるようになっている」

「どうしてあんな所に……」

片山は首をかしげた。

「ともかく、何か録音してある。聞いてみれば……」

少しテープを巻き戻して、片山は再生ボタンを押した。——ヴァイオリンの音だ。

「何の曲かな」

「これは……」

マリが信じられない、という様子で、「今練習している新曲だわ。この音はたぶん……」

ヴァイオリンの音が途切れると、

「ここが——イン・テンポかなあ」

という声がした。

「大久保さんの声だわ。あの人の音だと思った」

とマリが言った。

「すると……盗聴されてるんだ。部屋にマイクがある。それをここで受信してるんだ」

「誰が、そんなことを——」

マリが啞然とした様子で言った。

「変だな。参加者にはそんな余裕はなかったはずだ。隠しマイクを仕掛けるなんて、容易なことじゃないから……。たぶんその前に仕掛けてあったんだ」

マリはソファへ座り込んだ。

「こんなこと……。ひどいわ、一生懸命にやってるのに！」

「こいつは戻しておこう」

と片山は言った。「誰かが、このテープを取り出しに来るはずだ。それを見ていれば、犯人が分かる」

片山はまた棚へよじ登ると、レコーダーを元の位置に戻した。そして本の背表紙をつなげた「囲い」をきっちりとはめ込む。

「他の本も戻しておかないと怪しまれるな。ちょっと手伝ってください」

「ええ。でも順番は——」

「並べときゃ大丈夫ですよ。ホームズ、お前も手伝え」

無茶言ってら、という顔でホームズがそっぽを向いた。

「大丈夫だった？」

「びっくりしたわ、本当に……」

片山たちが広間へ戻ってみると、さすがにみんな驚いたとみえて、練習を中断して集まって来ていた。

「けが人は？」

と片山が訊いた。

「別にないようですね」

と古田が見回して言った。

「真知子がいないわ」

とマリが言った。

「そう言えば、彼女だけ出て来なかったな」

と古田が言って、「台所にでもいるのかな」

「台所で何するの？」

と辻紀子がからかうように、「包丁が降って来ちゃ危ないわよ」

「まあ、ご無事でよかったですわ」

と、市村智子が入って来る。

「調理場のほうは大丈夫でしたか？」

と片山が訊いた。

「ええ、鍋《なべ》やら何やらが引っくり返って、大変でしたけど、何とか片付けましたわ」

そう言ってから、広間のテーブルを見回して、「あの……どなたかナイフをお使いじゃありません？」

と言った。当惑したような空気が広がった。

「――ナイフがどうかしましたか？」

片山は訊いた。

「いえ……果物ナイフなんですけど、いくら捜しても見あたらないので……。どなたかがリンゴでもむくのに持っていらしたのかと……」

「地震騒ぎの前には、あったんですか？」

「はい。ちゃんと全部点検してから部屋へ戻ったんです」

「地震のときは部屋に？」

「はあ、それが……」

と、市村智子はちょっと顔を赤らめた。「お風呂に入っておりましたので、困ってしまいましたわ」

「まだいいわ」

と辻紀子が言った。「私なんかトイレにいたのよ。あれこそ困っちゃう」

笑い声が上がった。しかし、片山は笑っていなかった。

「植田さんの部屋へ行ってみよう。ホームズ、来い！」

と、片山は広間を足早に出た。マリがついて来る。

「何か――まさか何かあったなんて――」

「そうでないことを祈りますね」

片山は階段を駆け上った。――植田真知子の部屋は、すぐ目の前である。

「植田さん！」

「真知子！」

片山はドアをドンドンと叩いた。――マリは息を呑んで、じっとドアを見つめている。

ドアが開いて、真知子が顔を出した。

「――あら、どうしたの？」

「真知子！」

マリは大きく息を吐いた。「大丈夫だったの？」

「このとおりよ。――刑事さんもご一緒で、何かあったの？」

「いや、別に――」

片山もホッとして、笑った。「地震でどこかけがでもしなかったかと思ってね」

「地震？」

真知子はけげんな顔で、「地震なんて、いつあったの？」

と訊いた。

「あの地震を知らないの？」

マリが呆れて、「何やってたの？」

「練習してたわよ。――ああ、そういえば、何だかぐらついてたわね。自分で体を揺するくせがあるもんだから……」

――片山は、しかし安心できなかった。失《な》くなった果物ナイフはどこへ行ったのか？

そして、あの盗聴テープは、誰が仕掛けたのか……。

5

電話の音で、晴美は目を覚ました。

時計を見ると、朝の八時である。――あ、そうだ、昨夜は地震があって……。

ともかく、電話に出なくては。

晴美が起き出す前に、受話器を上げる音がして、

「はい石津です」

と返事をしている声。――そうだった。石津が泊まって行ったのだ。あの人、何、寝ぼけてるのかしら。もしお兄さんだったら……。

「あっ、ど、どうも、おはようございます」

やっぱりそうらしい。晴美は急いで出て行った。

「私に貸して」

「晴美さん、あの……つい、うっかりして……」

「ええ、分かってるわ」

受話器から、片山の声が、ガンガン飛び出して来る。はっきり分からないが、「この野郎」とか「殺してやる」といった文句が聞き取れた。晴美はしばらく受話器を手にして眺めていたが、そのうち、向こうが息切れしたのか、静かになった。

「お兄さん、おはよう」

「晴美か、お前一体――」

「ちょっと待ってよ。ゆうべ地震があったの、知ってる？」

「当たり前だ」

「そう。お兄さんにしちゃ感心だ」

「馬鹿にするな」

「昨日帰って来たら、めちゃめちゃなのよ、何しろ安アパートでしょ。それで、石津さんに片付けるのを手伝ってもらったの。終わったらもう夜明けになってたんで、泊まってもらったのよ」

「そうか。――で、何もなかったんだろうな」

「何なら診断書でも出す？」

「いや、いいよ。こっちは大変だったんだ」

「どうしたの？　人殺し？」

「嬉しそうな声出すなよ。そんなことじゃないんだ。——ちょっと調べてほしいことがある。課長へ電話しておいてくれないか」

「自分でしたら？」

「俺は一日張り込みだ」

「面白そうね。いいわ、何を調べるの？」

「この屋敷の改装工事をした工務店だ。隠しマイクが仕掛けてある。誰か工事の人間か、でなきゃ出入りした人間の仕業だと思う」

「分かったわ」

晴美は眠気も吹っ飛んだ様子で、メモを取る。「隠しマイクか……。どの部屋にも？」

「分からない。今はともかく、犯人を捕まえることが第一さ。ナイフが一本失くなってるのも心配だ」

「ナイフが？」

「そうなんだ。しかしね、ただ紛失しただけかもしれない。家捜しまではできないしな」

「そうね。——みんな、大丈夫？」

「俺以外はね」

「どうしたの？　何かあったの？」

「首を絞められて、殴られて、気を失っただけさ」

「あ、そう」

と晴美も軽く受けて、「生きてるから大したことなかったんでしょ。それから、そこに辻さんって子がいるでしょう」

「ああ、辻紀子か。それがどうかしたのか？」

「昨日ね――」

晴美が、朝倉と辻紀子の母親らしい女性のことを話すと、

「ふーん。まあ、ここへ来る連中の親ならやりかねないな」

と片山は言った。「じゃ、お前、今日朝倉の家へ行くのか？」

「ええ。地震はあったけど、別に死ぬほどのものじゃなかったしね。行って来るつもり」

「気を付けろよ」

「大丈夫よ。殺人鬼の屋敷へ出かけるわけじゃないんだもの」

と晴美は気軽に言った。

「やあ、これはよく来ましたな」

朝倉の笑顔が目の前にあった。

「厚かましくお言葉に甘えて――」

「いやいや。昨日、あんなひどい地震はあったし、たぶん来ないだろうと、半分諦めていたところでね」

朝倉は、大指揮者の風格を、高級な英国製らしいセーターにもにじみ出させて、指揮台の上のように、魅力的だった。

「まあ、お入りなさい」

「失礼します」

邸宅は、外観からして欧州風というか、白亜の美しい建物で、これをどう改築するのかしら、と首をかしげるほどだった。

広々とした居間へ通される。ガラス戸越しに、テラスとその向こうの広い芝生が見渡せた。

「何か飲むかね？――昼間からアルコールはだめか」

「ええ……。紅茶にウイスキーが入る程度なら」

「分かった」

朝倉は、メイドを呼んで、紅茶の仕度を言いつけると、「ゆうべは失礼したね」

とソファに寛いだ。

「いいえ。――昨日の方は、今度本選に残った辻紀子さんの……？」

「母親でね。いや、君から見ると、問題だと見えるかもしれないが、ああいう人はいくらもいる。私のほうも来る者を拒まないだけの話でね」

こうも平然と言われると、晴美も、何となく朝倉を非難する気がなくなってしまった。芸術家だから、いいのだとは思わないが、しかし、実際、相手は十九や二十歳《はたち》の子供ではない。充分に分別のある大人なのである。――確かに朝倉は魅力ある男性だし、その華やかな女性との噂が、また魅力を増しているとも言えた。

「コンクールの人たちは大変でしょうね」

と晴美は言った。

「今が一番辛い時期だな」

と朝倉が肯く。「最初はのんびりしている。みんなある程度は自信もあるしね。それに、他人は気にせずにマイペースで行こうと思っている」

晴美は肯いた。

「また、本選前日にでもなれば、落ち着いて来る。舞台へ出るのがみんな初めてというわけでもないしね。それに、練習した後の自信があるからな。――しかし、この途中が、一番苦しい。特に新曲の解釈が問題だ。もう自分なりに見通しのついた者はいいが、まだそれができない者が半分はいるだろう。焦りがあるし、他人が自信たっぷりに見える。辛いものだ……」

紅茶が運ばれて来た。

「お兄さんからは連絡があるかね？」

「電話がありました。——今のところ、何もないようですわ」

「そうか。それはよかった。このまま一週間、無事に過ぎてほしいね」

朝倉は心からそう願っているようだった。

「——お宅は、どこを直しておられるんですか？」

と、晴美は訊いてみた。

「ああ、この真上の部屋さ」

と朝倉は指を上へ向けた。「音楽室、というかな。ピアノやオーディオが置いてある。今は別室へ移してあるがね」

「広くなさるんですか？」

「いや、却って狭くなるね、少し。というのは、防音の工事なんだよ」

「ああ、そうですの」

「床は厚くしておいたんだが、周囲の壁や窓はそのままだったので、ピアノの音が外へ洩《も》れてね。——近所から文句を言われてるのだ」

「大変ですね」

「全く。ベートーヴェンさえ雑音としか思えない人間がいる。信じられないよ」

と首を振った。

「もう工事は終わったんですか?」

「いや、途中だよ。——見てみるかね」

「ええ、ぜひ。——そういう部屋を一度見てみたかったんです」

「却って工事中のほうがよく分かるかもしれないな。来たまえ」

朝倉について、晴美は二階へ上がって行った。〈音楽室〉を見たって、晴美には面白くも何ともないが、もしかしたら、そこに、あの「もう一部の楽譜」があるかもしれないと思ったのである。

そんな大切なものだから、どこかにしまい込んでいるかもしれない。しかし、却って他の楽譜と並べておくのが、目立たないかもしれないし、それに、みんなその存在すら知らないのである。

むしろあまり大事そうにしまったのでは、人目につくことにもなる……。

「ここだ。ちょっと待ってくれたまえ。中は散らかっているからね」

と、朝倉は言って、分厚い重そうなドアを開け、一人で入って行った。遮音扉《しゃ》になっているのだ。

晴美は、廊下にかかった写真を眺めた。

朝倉が、アメリカの指揮者、バーンスタインや、ヴァイオリニストのスターンと肩を組んで写真におさまっている。何かの記念演奏会らしい。英文のキャプションがついていた。

それを読んでいると、部屋の中で、バタンと、何かを閉めるような音がした。楽譜だろうか？　戸棚かどこかへしまい込んだのか？

ドアが開いて、

「待たせたね、入ってくれ」

と朝倉が顔を出す。

広間一杯よりも更に広い部屋で、中に入ると、シンナーのような匂いが鼻をついて、晴美は思わず顔をしかめた。

「この匂いかね」

と朝倉は微笑んで、「接着剤の匂いさ。今は、遮音材なども強力な接着剤で貼《は》りつけていくだけなんだ」

と説明した。

壁は触れてみると、いくらか弾力のある波状の凸凹のあるものだった。天井は、不規則な格子がついている。

「音をうまく反射させて、適度な響きをつけるのさ。それには規則的な格子では却ってよくないのだそうでね」

室内には、棚らしいものは見当たらなかった。——では、さっきの音は何だろう？

部屋の、ドアの反対側は、壁を取り払ったままで、ポカッと空間になって、ちょうど庭を見下ろせる。芝生の上へ二メートルほど突き出す形で足場が組んであった。

「この側は窓を潰そうと思ってね」

と朝倉が言った。「壁ごと外してしまったのさ。そのほうが早い」

「見晴らしがいいですわ」

「まったくね」

ちょうど塀の高さが、二階の床ぐらいらしく見えた。

「せっかくお庭が見下ろせるのに、壁だけにしてしまうんですの？」

と晴美は訊いた。

「向こうに隣りの家が見えるだろう」

「ええ」

「あそこの主人が、なぜかクラシック音楽に憎悪を抱いていてね」

「まあ」

「ここでモーツァルトを聞いていても、うるさいと言って来るんだ。モーツァルトだよ？　ベルリオーズではないんだ。全く、感情というものを持ち合わせていない人間なんだ、きっと」

「それで完全に塞いでしまおうと……」

「そうなんだ。こっちもあの家を見なくて済むからね」

と朝倉は微笑んだ。「――さて、行こうか。あまりいると匂いで頭が痛くなるよ」

「はい」

晴美は促されて、音楽室を出た。

下の広間に戻ると、朝倉は、世界の有名な指揮者のこと、オーケストラを操るコツ、指揮棒のことなどを、ユーモラスに話してくれた。

晴美もそうクラシック通というわけではないのだが、朝倉の話術の巧みさで、大いに楽しく聞いた。

話の切れたところで、ちょうど電話が鳴った。

「失礼」

と朝倉が立って行く。「――はい朝倉です。――ああ、これは栗原さん」

晴美は、栗原があの件を知らせて来たのだな、と思った。

「――何ですって？　盗聴マイクが？」

朝倉の声が高くなった。顔が紅潮している。

「分かりました。とんでもないことだ！　――工務店のほうは事務局で調べれば分かります。いや、何としてでも誰がやったのかを――さよう、分かれば即刻、資格を停止します」

晴美はホッと息をついた。知らせを聞いたときの朝倉の態度にも興味があったのである。

見たところは極めて自然だった。

晴美は立ち上がって、何気なく芝生のほうを見た。――そして、目を見張った。

「ではよろしく。――ご連絡します」

と、朝倉は電話を切って、「まったく、何ということだ！」

と怒りに声を震わせている。

「みんなが必死で――あそこまで来たというのに。一人の不心得者のために――」

「先生」

「いや、失礼……。つい、腹が立ってね……。何という――」

「先生、人が倒れてます」

「心ない奴が……。何だって？」

「人が――」

と晴美は指さした。芝生の上に、男が、うつ伏せに倒れている。ワイシャツとネクタイがはみ出ている。ズボンに靴。ありふれたスタイルだが、上衣だけがない。

「あれは……須田だ！」

朝倉が目を丸くした。「うちの事務局長だ。しかし、どうして……」

朝倉はガラス戸を開けて、芝生へ出た。晴美もついて表へ出て行く。

朝倉はかがみ込んで調べていたが、やがて顔を上げた。

「――死んでいる」

音楽家にしては、単調な声だった。

「じゃ、一一〇番しないと」

さすがに刑事の妹である。こんなときでも取り乱さない。却って朝倉のほうが呆然としている様子であった。

しかし何といっても死体に関して晴美はベテラン（？）である。朝倉はあまり死体とは縁がない。呆然としていても無理からぬところである。

「先生」

ともう一度呼ばれて、朝倉は我に返った。

「ああ、これは……大変なことになった。すまんが、君、電話してくれるかね」

「ええ、分かりました」

晴美は居間の電話を取り上げた。朝倉が、思い付いたように、

「ちょっと——。栗原といったかな、あの課長さんは」

「ええ」

「あの人に連絡してほしい。いや、やはり私がかけよう」

「そうなさいますか？」

朝倉は晴美から受話器を受け取った。晴美は、朝倉が番号のボタンを押すのを眺めていたが、ふとガラス戸のほうへ寄って、死んでいる男を見やった。

それにしても、ついさっきまで、あんな物はなかったのである。一体どこからやって来たのだろう？

塀を越えて来たとは思えない。どこかから入れる口でもあるのだろうか？　その辺は、警察がよく調べるだろうが。

「よろしく。——お待ちしています」

と朝倉が電話を切った。「いや、せっかく来てもらって、とんでもないところへ来合わせてしまったね」

「いいえ、慣れていますから」

と言ってから、朝倉がけげんな顔をするので、あわてて、「その……兄の仕事柄、そういう話はよく聞きますから」

と言いかえた。

「ああ、なるほど」

と朝倉は肯いた。

「あの方は——須田さんとおっしゃるんですか？」

「そう。事務局長で、今度のコンクールのお膳立ても彼がやっていたのだ」

「ここへおいでになってたんですか？」

「いや、それが不思議だ。どうしてあんな所で死んでいたのか……」

「芝生へ入るのはどこから？」

「このガラス戸からさ」

朝倉はそう言って、首を振った。

「でも——どこか建物のわきを回って来るとか——」

「いや、芝生には、この戸からしか出られなくなっているんだ」

「変ですね、だって、あんな所にずっと倒れていたとすれば、目に付いたはずですもの」

「それが不思議だな。何だか降って湧いたという感じだな」

「そうですね……」

二階から落ちて来たのだろうか？　音楽室の、芝生へ面した側はポッカリと空いたままだった。しかし、あのガランとした部屋に、この須田という男が隠れていたとも思えないが……。

それに、足場が芝生の上にずっと張り出していて、そこから落ちたとすれば、もっと芝生の先のほうへ落ちているはずである。死体はガラス戸の外、テラスにぎりぎりの近くにあるのだ。

塀は高い。あそこから投げ込むというのは大変なことだろう。何しろ昼間である。人目につかないはずもない。

そうだわ、と晴美は思った。ここは一つ、ホームズの出番だわ。

「すみません。お電話をお借りできますか？」

と晴美は訊いた。

「ああ、構わないとも。私はメイドに言っておこう。気絶でもされちゃ困るからね」

朝倉も冗談を言うだけ余裕を取り戻していたらしい。

朝倉が出て行くと、晴美は、急いでダイヤルを回した。


ここで、時計の針は逆転して、朝、七時。

朝食の席で片山は欠伸を連発していた。

「刑事さんは眠そうね」

と、真知子がニヤニヤしながら言った。

「どなたかと夜を徹して語り合ってたんでしょ」

辻紀子がフランスパンをぐいとちぎりながら、皮肉っぽく言った。

「それ、私のことを当てこすってるの？」

長谷和美が喧嘩腰で訊いた。

「あら、やましいことでもあるの？」

「何ですって、この——」

「やめてください！」

片山はあわてて怒鳴った。「もうごめんですよ、気絶するのは」

さすがに辻紀子がちょっと照れくさそうに黙った。

そうじゃないのだ。片山は、一晩中、あの書斎で張り込んでいたのである。仕掛けてあったテープを、誰かが取りに来るだろうと思ったのだ。しかし、結局むだだった。

張り込むといっても家の中なので、うまく隠れているところがない。仕方ないので、ソファの裏に小さくなっていたのだが、おかげで腰は痛いし、腕はしびれるし、ということに相なった。

朝食はいつになく静かだった。いつもなら――といってもこの三日間だけのことだが――あれこれと女の子同士で話もするし、冗談も出るが、四日目ともなると、次第に緊張の度が加わっているのが分かる。

もともと緊張していた大久保靖人などは、眠れないのか顔色も悪く、ほとんど食事も摂《と》っていなかった。

「大久保さん、食べないの？」

と、マリが言った。比較的いつもと変わらない様子でいるのは、マリと古田武史、それにもっそり男の丸山才二、といったところだろう。

「食欲がなくてね」

と大久保は微笑んだ。

「いけないわ。まだ三日あるのよ。食べないと参っちゃうわ」

「そうそう」

と丸山が、ハムを一切れ、口の中へねじ込みながら言った。「腹が減っては戦《いくさ》ができぬ、ってね」

「――ねえ、どうかしら」

とマリが、提案した。「せっかくこうやって集まってるんですもの。今夜あたり全員で音楽会でもやりましょうよ。少し気を楽にしないと、みんな胃の薬のお世話になることになっちゃいかねないわ」

思いがけない所から、賛成の声が上がった。食堂の隅で、もう一足先に朝食を終えて、前肢をなめなめ顔を洗っていたホームズが、

「ニャー」

と鳴いたのである。

それが、いかにもタイミングよく、「賛成！」という感じだったので、みんなが一斉に笑い出してしまった。

大久保までが、声にならない笑いで顔が緩んだ。

「ほら、ホームズも〈ブラヴォー〉って言ってるわ」

「本当、面白い猫ね」

と、真知子が言った。

実際、どんなに面白いかは、分かっていないのだが。——ともかく、〈猫の一声〉で、何となくマリの提案は受け容れられた形になった。

「じゃ、何をやる？　ヴァイオリンだけじゃね」

「私、ピアノ弾いてもいい」

と長谷和美が言った。

「他に楽器はないかしら」

とマリが言うと、辻紀子が、

「猫の尻尾《しっぽ》をふんづけて鳴かそう」

と言い出した。ホームズが、口を開けて、カーッと吼《ほ》える。

「嘘よ、そう怒んないの」

と辻紀子も上機嫌で、「本当に、この猫、言葉が分かるみたいね」

と言った。

「じゃこうしましょう。みんなで弾いても、聞く人がいないんじゃ仕方ないわ。二人ずつペアを組みましょうよ」

とマリが言った。

「誰と誰が？」

と真知子。

「それはくじで決めるのよ。誰と当たっても文句は言わない」

「でも七人じゃ、一人半端よ」

「あら、八人いるじゃない」

と辻紀子が言って、片山のほうを見た。

「ぼ、僕はだめですよ」

片山はあわてて言った。「ハーモニカだって吹けないくらいだから」

「何かできるでしょ。口笛とか」

「それもだめ」

「じゃ歌でもいいわ」

「音痴です」

「世の中にこういう人もいるのね」

と辻紀子は真面目な顔で言った。

「いいわ。ともかく決めましょうよ」

とマリが張り切って言った。

「男女でペアになるといいわね」

と、真知子が言った。「男どうしじゃ気持ち悪い」

マリが、手早く紙ナプキンを八つに裂いて、それぞれに二つずつ同じ印をつけた。

「さあ引いてください。片山さんもどうぞ」

せっかくいい雰囲気になっているのを、片山としてはぶち壊したくない。仕方なく、最初に引いた。

「♩印だ。いつもお金がないからかな」

後は、めいめいが黙って引いた。

「さあ、♩印は？」

とマリが訊く。

「私よ」

と真知子。

「こりゃ、よろしくお願いします」

と言ったのは、丸山才二だった。

「ええ？　圧倒されそう」

「図体の割りに気は小さいですから」

と丸山が言った。

「私、♪印だ」

と長谷和美が言った。片山は内心、胸を撫でおろした。下手にやって、また首を絞められちゃかなわない。

「僕がパートナーですね」

と言ったのは大久保だった。

「あら、大久保さんって私の好みのタイプなの」

マリが笑って、

「長谷さん、デートの相手を決めてるんじゃないのよ。ええと、それじゃ後は♪ね」

「僕だ」

と古田武史が言った。同時に、

「私よ」

と、辻紀子が言った。

一瞬、沈黙した。――二人は顔を見合わせてにらみ合った。よりによって……。

「あら、それじゃ、私、片山さんとペアなんだわ」

マリが頬を染めて言った。「手が震えて弾けないんじゃないかしら」

「言ってくれるじゃない！」

真知子が笑った。

古田と辻紀子が、何か言いかけたのを引っ込めて、諦めたように肩をすくめた。

「じゃ、昼食の後、各自で打ち合わせて、演奏は夕食後ってことにしましょうよ」

とマリが言って、みんなも異議はないようだった。

「——ああ、おいしかった。私、コーヒーをもう一杯いただくわ」

とマリがポットへ手を伸ばす。

「すみません、刑事さん」

大久保が言った。「そのサラダを取っていただけますか?」

6

朝食を終えると、めいめい、自分の部屋へ戻って行く。——片山と、マリが何となく残ってしまった。

「恥ずかしいわ」

とマリが言った。

「僕は遠慮して、聞き手に回るから——」

と片山が言いかけると、

「いいえ、そうじゃないの」

マリは首を振った。「あんな出しゃばった真似して……。でも、必死だったのよ」

「よくやったじゃない。あれでみんな気が楽になったよ。なかなかできることじゃない。立派だよ」

ホームズがニャンと賛意を表した。

「まあ、あなたも賞めてくれるの？　嬉しいわ」

と、マリが微笑んだ。

どうもホームズのほうがあてになるようだ。

「それで……何か分かりまして？」

とマリが、真顔に戻って言った。

あのテープレコーダーのことを言っているのだ。

「いや、ゆうべずっと張り込んでいたんだけど。結局誰も現われなかった」

「それで眠そうなのね。大変ね、刑事さんって」

「普通の張り込みだと交替がいるんだけどね……」

と片山は、ホームズを見た。ホームズはそ知らぬ顔で、食堂から出て行ってしまった。

頭脳労働者にそんなことができるか、という感じである。

「私が代わってあげたいけど、練習があるし……」

「そんなこと気にしなくていいんだよ。これは警察の仕事なんだから」

と片山は言った。

「でも、気になるわ」

「そりゃ、どこかで聞かれてると思ったら、落ち着かないだろうけどね」

「それもあるけど」

とマリは言いにくそうに、「これでもし、誰もテープを取りに来なかったら、犯人は私だってことになるでしょう？」

片山はちょっとポカンとしていた。なるほど、言われてみればそのとおりである。テープが見付かったことを知っているのは、片山以外には彼女しかいないわけだ。

「そんなこと、考えてもみなかったなあ」

と片山は言った。マリは微笑んで、

「そんなことじゃ、いい刑事さんになれないわよ」

と言った。片山も肯いた。

「だからなれないのさ」

——片山は部屋へ戻ると、アパートの晴美へ電話を入れた。これが八時の電話で、石津が出て大もめにもめたわけである。

盗聴テープのことを栗原へ伝えてくれるように晴美に頼んだ後、片山はまた書斎へと向かった。

誰かがテープを取りに来るとしたら、却って怪しまれやすい夜中より、誰もが練習に熱中している昼間ではないか、それも午前中の、十一時前後ではないかという気が、片山にはしていた。

　まあ、片山としては、深く考えた結果なのである。

　そっと書斎の戸を開ける。窓がないので、えらく暗い。明かりを点《つ》けてみたが、別に変わった様子もない。明かりを消して、中のソファの裏側へと腰を落ち着けた。

　さて、果たして誰かが取りに来るだろうか？　それともむだ骨に終わるか……。片山は大きく一つ深呼吸をした。

　寝不足、暗がり、静寂、とくれば、居眠りしないほうがどうかしている。鉄のごとき意志の持ち主ならばともかく、片山の意志はどちらかというと状況次第で形の変わる粘土みたいなものだから、瞼《まぶた》の重みがいやが上にも増して来ると、

「少し眠っておけば、その後ずっと冴えた目で見張っていられるぞ。なあに、その間に誰かが来るなんて確率はぐっと低いさ」

　という理屈を素直に受け容れ、コックリコックリとやり出した。

　目が覚めたのが、何のせいなのか、わずかな物音のためか、それとも職業的良心のせいか、はたまたただの偶然か――それは明らかであった。

　眠っちまったのか、と大欠伸をして起き上がろうとして、ハッとした。――誰かが、本棚の所にいる。本をどけている音がしたのだ。

　誰だろう？　部屋の明かりはついていなかったが、ドアが少し開いているので、中は大分

明るかった。

レコーダーをいじる音がした。パタン、ガチャッとテープを替えているのに違いない。そっと見てやろう。棚へ上がっていれば、こっちには背を向けているはずだ。

片山はソファの裏で体勢を立て直すと、そろそろとソファの背から顔を出そう……とした。そのとき、ポケットの、電話のベルがけたたましく鳴り出した。

「こいつ、うるさい！」

と言ったって無理な話だ。あわてて止めて立ち上がろうとしたとたん、何やら重い物がガツンと頭に当たって、片山はその場に倒れて気を失ってしまった。

そう長く気絶していたわけでもないらしい。片山が頭をさすりながら、起き上がったとき、まだポケットのベルが鳴り続けていた。

しかし、犯人が逃げるには充分すぎるほど充分な時間があったらしい。

本棚の、テープレコーダーは床へ投げ出され、テープは抜き取られていた。

片山をノックアウトしたのは、百科事典だった。

「どうせなら美人の写真集がよかったな」

と片山は呟いた。

やっとこ二階へ上がって電話に出ると、晴美の声が飛び出して来た。

「何をサボってたのよ！」

「サボってなんかいるか」

「じゃ、どうしていつまでも出なかったのよ?」

「お前のおかげで盗聴犯人を逃がしちまったじゃないか!」

片山が憤然として説明してやると、晴美は、

「ごめんなさい、けがしなかった?」

と——謝るかと思いきや、

「そういうときは、ちゃんとベルは外しておかなくちゃ。だめねえ」

と平気なものだ。

「で、何の用だ?」

と片山がムクレたままで言った。

「殺人事件」

「あ、そうか。——何だ?」

「朝倉先生のお屋敷でね、男の死体が見付かったの」

「本当か?」

「嘘言っても仕方ないでしょ」

「それで——被害者は?」

「須田とかいう事務局長ですって、楽団の」

「いやねえ、決まってるでしょ。朝倉先生のいる、新東京フィルじゃない。それに、今度のコンクールの世話人でもあるんですって」

「どこの楽団？」

「そうか……。それが殺されたとなると……」

「まだ殺人かどうか分かんないけどね」

「何だって？　おい、さっき——」

「舞台効果ってやつよ。でもね、死体が突然どこからか湧いて来たの」

「死体が湧いた？」

「それにね、なぜか上衣だけ着てないの」

「上衣だけ？　じゃ裸なのか？」

「逆よ。ワイシャツにネクタイ——そんなことといいわ。ともかくね、何だか妙な状況なのよ」

「ふーん。しかし、俺はここにいないといけないからなあ」

「お兄さんはいいの。ホームズだけ貸してちょうだい」

片山は一瞬絶句した。晴美は続けて、

「こういうのはホームズの出番だもの。栗原さんがみえると思うから、そうしたら、そっちへ誰か行ってもらおうと思うんだけど」

「お前、いつから警察の顧問になった？」

片山は精一杯の皮肉を言ってやった。

晴美が電話を切ると、朝倉が戻って来た。

「そろそろ警察の車が来る頃だな。――私はよく分からんが、こういうことがあると、外出できなくなるのかね？」

「そんなことありませんわ。行き先をはっきりさせておけば別に……」

「そうか、助かった」

朝倉はホッとした様子で、「何しろ忙しい身だ。外出にいちいち文句をつけられちゃ敵《かな》わんからね」

「表に出ていましょうか？」

「そうだね。私も行こう。まあ、ここはすぐ分かると思うが」

その点は晴美も同感だった。この大邸宅である。

「誰か死体のそばにいたほうがいいですわ。私、表に立っていますから」

「すまないね。頼むよ」

晴美は、玄関を出て、門を開けると、表の通りへ出た。――遅いな。もう来てもいい頃なのに……。

しかし、須田という男、殺されたのだとしたら、どんな理由があったのだろう？　盗聴の一件に関係があったのかもしれない。

「そうだわ」

さっき、朝倉は、栗原の電話に、工務店は事務局へ問い合わせれば分かる、と言っていた。ということは、あの須田が、改装工事の手配をしていたわけである。当然、工事中にも、その屋敷へ出入りしているに違いない。

隠しマイクを取り付ける機会は充分にあったことになるのだ。それが動機だとすれば……。須田が自分のためにそんなことをするとは思えない。誰か、本選候補者か、その親にでも頼まれたのではないか。

あんまりスラスラと先走っても仕方ない。しかし、なぜ、朝倉の屋敷で、死んでいたのか？　そして突然芝生に倒れていたのは、どうしてか？　なぜ上衣だけ着ていなかったのか？

——晴美は、ふと鼻をうごめかした。

何かこげくさい。——ふと振り向いて、思わずアッと声を上げた。

朝倉の家の二階から煙が出ている。いや、火が見える。あの音楽室だ。

「大変だわ！」

晴美は家の中へと飛び込んだ。朝倉が二階へ上がりかけたところだった。

「先生──」

「今気が付いた。消火器がそこに──」

「はい！」

玄関のわきに、消火器が備えてあった。晴美が渡すと、朝倉は二階へと上がって行った。

「先生、気を付けて！」

「大丈夫、不燃建築だ。あそこには接着剤が置いてあるから燃えているのだよ」

朝倉は落ち着いて上がって行った。──晴美が、不安げに見上げていると、表にパトカーのサイレンが聞こえて来た。

「すぐに消えて幸いでしたな」

と、栗原が言った。

「全く、こんなことは初めてだ」

朝倉が、死体を見ている検死官を眺めながら言った。

「まあ、あまり経験される必要もありませんよ」

と栗原が冗談めかして言った。こと、殺人となれば栗原の専門である。大指揮者と一緒にいても、ひけ目を感じないで済むわけだ。

それに栗原は事件が起こると、嬉しくて仕方ない性質なのである。

「須田という人は、事務局長さんとか伺いましたが」

「そうです。今度のコンクールでも事務を担当していました」

朝倉は渋い顔で、

「そうですか。すると、例の盗聴の件でも、一枚かんでいるとも考えられますね」

「そう思いたくはないが……彼ならやれたはずです」

「ご心配なく、捜査は万全を期していますからね」

「お願いしますよ。私はあまりこういうことにかかずらっていられない立場です」

「よく分かっております」

栗原は肯いた。「――このお宅には、どなたがお住まいですか?」

「今のところ私とメイドだけです。妻は別居中で、子供もここにはおりません」

「ははあ。――すると、須田という方はなぜここにおられたんでしょう?」

「分かりませんな。呼んだ覚えはないし」

「ふむ。するとメイドさんにお話を伺っておくほうがよさそうですな」

メイドは三十代半ばの、万事に目立たない感じの女性だった。

「広川克代《ひろかわかつよ》さんとおっしゃるんですね?」

栗原の質問に、

「はあ」

と、か細い声で答える。

「ここで働くようになって何年です？」

「三年……ぐらいだと思います」

「働き心地はどうです？」

「はあ。結構だと思います」

他人事《ひとごと》みたいな返事である。——栗原は朝倉に頼んで、応接間を使っていた。

「先生は聞いておられないんだから、正直に話してくれよ」

「はあ」

「昨日は、あの須田という人がここへ来ていたのかね」

「あの……」

と、広川克代が言い淀《よど》む。

「何でも包み隠さず言っておくれ」

「先生には黙っていていただけますか？」

「約束するよ」

「ゆうべ、来ていたんです」

「ここへ？」

「はい」

「先生に会いにだね」

「いえ、私に会いにです」

栗原は目を見張って、

「なるほど。——そういうわけか」

「申し訳ありません」

「いや、それは別にこちらとしてはどうでもいいことなんだ。——すると、ここへ何時頃来たんだね？」

「十時頃です。先生は若い女の方と一緒だから、どうせ今夜は戻らないから、って」

「なるほど。いつもそうなんだね」

「はい。先生は、そりゃあ手が早くって——」

と言いかけて、広川克代はあわてて咳払いして、「ともかく、私たち——須田さんと私ですけど、お風呂を使って、それから寝室へ行ったんです」

「あんたの部屋は一階のこの奥だったね」

「はい。でも、そのときは二階へ行ったんです」

「二階？」

「はい。先生の寝室です」

「そりゃまたどうして……」

「私の部屋は……狭くって……その、ベッドが……」

「ああ、なるほど」

栗原は肯いて、「で、そのときだけは先生の部屋を拝借していたんだね」

「そうです。でも、ちゃんと朝早く起きて、きれいにしておきました」

「それで？」

「はい、十二時頃でしたか、先生の車の音がして、びっくりして飛び起きたんです」

「先生が帰って来たのか」

「そうなんです。私はあわててベッドを直し、あの人に早くどこかへ隠れろと言って、下へ降りて行きました」

「それで？」

広川克代は、ちょっと泣き出しそうな顔になって、

「それきりあの人には会いませんでした。そしてあの人は死んで……」

「ふむ。先生は一人だったのかね？」

「いいえ。女の方とご一緒でした」

「誰だか知ってるかね？」

「いいえ。でも、須田さんの言った『若い女性』じゃなかったようです。中年の女の方でした」

全く忙しい話である。俺も指揮者になればよかった、と栗原は思った。

「それで?」

「先生は、ちょっとお酒などを召し上がって、すぐにその女の方と二階へ上がって行かれました」

「すると須田という人とは――」

「全然会っていません。もうとっくに逃げて出て行ったんだとばかり思っていたんです」

「靴は?」

「靴は万一のことを考えて持って上がっていました」

「しかし……玄関から出て行ったとしたら、鍵が外れているわけだろう」

「私、鍵を開けたままにしておいたんです」

「ずっと?」

「はい。こっそり出て行こうとしてるのに、鍵を外す音で気付かれては、と思って、ずっと外したままで、眠ってしまいました」

「そして地震があった」

「ええ、あのときはびっくりしました。飛び起きて震えておりました」

「先生は降りて来たかね?」

「いいえ。鎮まってしばらくして、やっと気分が落ち着きましたので、私が二階へ上がりました。――寝室のところで声をかけようと思ったんですが……」

「別に……その……何でもなかったようで、あの……その女の方の……声が聞こえていたものですから……」

「なるほど。それで安心して降りて来たわけだね」

「そうです」

「その後は？」

「もう朝まで起きませんでした」

「朝は何時頃？」

「七時にいつも起きます。今朝もです」

「先生は何時頃起きられるんだね？」

「十時前後です。そのときによりますけど、大体は……」

「今朝、相手の女性は？」

「もういらっしゃいませんでした」

「出て行くのには、気付かなかったわけだね？」

「はい」

「そうか。——ところで、彼氏の上衣を知らないかね？」

「須田さんのですか？」

「そう。見付かったとき着ていなかったんでね。どこかにあるんじゃないかな」

広川克代はしばらく考えていたが、

「いいえ、そんなはずはありません」

と首を振った。「あの人をせかして、私は先に寝室を出たんですけど、あの人、そのときにはもう上衣を着ていましたもの」

「確かかね、それは？」

「はい。間違いありません」

すると上衣はどこへ行ったのだろう？　栗原は一つ息をついて、

「まあ、気の毒なことをしたね。また何かあったら訊くかもしれないよ」

「はあ」

と、広川克代は立ち上がって、応接間を出ようとする。

「ああ、ちょっと――」

と栗原は思い出したように、「最近、彼氏にはまとまった金が入るとか、入ったとかいう話はなかったかね？」

「須田さんにですか？」

と、広川克代は、ちょっと驚いたように訊き返して、「いいえ。あの人はいつも貧乏でしたもの。私のほうがお小遣いをあげていたくらいです」

「すると——気を悪くしてもらっちゃ困るんだが——お金のつながりはなかったんだね」

「ええ。須田さんは、奥さんとお子さんを養うだけで手一杯だったんです。私は一人ですし、そうお金を使うほうでもありませんし……」

「なるほど。——どうもありがとう」

と、栗原は言った。

一人になると、栗原は呟いた。

「愛人が死んだにしちゃ、いやにサバサバしてるなあ……」

ドアが開いて、根本刑事が顔を出した。

「課長、南田のおやじさんが、終わったようです」

検死官の南田は、広間のソファでタバコをふかしていた。

「どうだった?」

と栗原が訊く。

「大した屋敷だな。指揮者ってのは、こんなに儲かるのか」

いつも余計な話をしてからでないと、仕事の話はしないのである。「俺も一つ指揮者にでもなるか」

「珍しく、俺と同じことを考えてるじゃないか」

「馬鹿いえ、お前さんはどうせ、大邸宅に女でも沢山住まわせようって腹だろう」

「じゃ、あんたは？」

「俺か？　俺は小さな家を何軒も造って女を沢山住まわせるんだ」

「冗談はいいよ。——どうなんだ、お見立ては？」

「お前さんをがっかりさせたくないが、死因はおそらく心臓麻痺《まひ》だな」

「何だって？」

「解剖してみんと確かなことは言えんが、おそらくかなり心臓が弱っていたんだろう」

「それじゃ殺しじゃないのか？」

「そうがっかりするな」

「まあ……殺してなきゃ、それに越したことはないが……」

「負け惜しみを言うなよ」

南田はニヤニヤしながら、「ワッと脅して死ねば殺人さ」

「何時頃だ？」

「既往症など見ないと、はっきりせんが、まあそうホヤホヤじゃない。ゆうべ、夜中の内だろうな」

「そうか」

栗原は考え込みながら、「しかし、どうしてそんな死人が庭にいきなり出てきたんだ？」

「そんなことは俺の知ったこっちゃないよ。——じゃ、また明日でもな」

と南田は灰皿にタバコを押し潰すと、「ああ、そういえば、お宅の顧問がおいでになってるぜ」

と言った。

「顧問？」

「ほれ、芝生をかぎ回っとる。何か見付けてくれるかもしれんよ」

見れば、芝生をのそのそと、茶と黒の背中が動き回っている。

「すみません」

と晴美の声がした。「私が根本さんにお願いして、ホームズを連れて来てもらったんです」

「なるほど。そりゃ構わんが……。まあ、どっちかというと猫君のほうが役に立つかな」

その頃片山はクシャミしていたかもしれない。

「課長」

と根本がやって来た。「二階を見て来ました」

「どうだった？」

「焼けたのは足場のほうですね。足場に渡してあった板が、接着剤と一緒に焼けたんです」

「板？　そうか。あの死体のそばに落ちているやつだな」

「両端だけが焼け残って落ちたんですね。鉄パイプ二本の間に、ただ渡してあっただけですから、中央が燃えちまったら当然下へ落ちるわけで……」

「そうか。死体はちょうど板の真下だったわけだな」

「それが妙ですね。もし上から落ちたのなら、板の外側へ落ちるはずだ」

「もし、板の上に死体があって、焼け落ちるときに落ちたとしたら……」

「そんなことはありません」

と晴美が言った。「火が出たのは、死体を見付けて、パトカーを待とうと表へ出たときですもの」

「そうか。それに、あの死体には焼けこげもないしな」

「私、死体を見付ける前に、二階の足場の所を見ているんです。死体なんて影も形もありませんでした」

と晴美が言った。

「そうか。しかし、いずれにしても、殺人でないとなりゃ関係ないわけだ」

根本がびっくりして、

「殺しじゃないんですか?」

「南田によると心臓麻痺だとさ」

「それじゃ……」

「死体が突然現われた謎《なぞ》は残るが、殺人でないということになると、調べるだけむだだな」

栗原はもう情熱を失っているらしかった。

「根本さん、ほらこれを――」

と、刑事の一人が、布の燃えさしのような物を持って来た。

「何だ？」

「例の上衣じゃないですかね」

「なるほど……。袖口だな。ボタンがついている。すると、上衣だけは足場の所にあったわけか」

晴美は、何気なく足場を眺めたときのことを、必死に思い出そうとした。――何やらごたごたと、接着剤の罐《かん》やら板の切れ端などが散らばっていたことは憶えているが、男性の上衣があったという記憶はない。

なかった、とも言い切れないのだが、あれば憶えているだろうと思うのだ。

ニャーン、とホームズが鳴いた。死体より少し先の芝生の所だ。

「何かあったの？」

晴美は芝生へ出て行った。ホームズが何かをくわえて顔を上げた。

「ボタンね。――あの上衣のじゃない？　同じ種類だものね。ただ大きいから、袖のじゃなくて、前のボタンね。でも、これだけじゃしようがないわよ」

ホームズが苛々したように、ニャーオと鳴いた。分かんないのか、じれったいなあ、という感じである。

「あら、そうね」

と、晴美は、ふと気付いて言った。

「どうかしたかい?」

根本刑事がやって来て訊いた。

「このボタン……」

「ああ、例の上衣のボタンらしいね」

「でも、変だと思いません? さっきのボタンは火に焼かれて溶けかかってたのに、これはきれいなままですわ」

「なるほど。それもそうだ」

と根本は肯いた。

「それに落ちていたのも、その足場の下じゃなくて、外側のほうでしょう」

「確かにね。しかし、殺人でないとすると、我々の出番じゃないしなあ」

晴美は、根本が行ってしまうと、肩をすくめて、

「ねえ、ホームズ、殺人じゃなくたって、謎は謎よ。そう思わない?」

「思う」

とは言わなかったが、ホームズはニャーオと、賛意を表した。

第三楽章　アレグロ・ヴィヴァーチェ（いきいきと速く）

1

昼食を終えると、朝の約束どおり、夜の音楽会のために、各々組み合わされたパートナー同士が広間のあちこちで打ち合わせを始めた。

ただ、犬猿の仲の二人、古田武史と辻紀子は並んで座ったものの、お互い、誰が口なんかきくものか、という態度でそっぽを向いている。

マリが見かねて声をかけた。

「ねえ、お願い。お二人とも、せいぜいあと三日じゃないの。気持ちよく決戦に臨みましょうよ」

「私は、こいつがいる限り気持ちよくならないのよ」

と辻紀子が言った。

「へえ。君はてっきり不感症だと思ってたがね」

と古田もやり返す。

「何ですって！」

「まあ、落ち着いて」

と片山が言った。「ともかく、せっかくみんなで今夜の音楽会を楽しもうとしてるんだ。ここは二人ともひとつ大人になって——」

「分かってますよ」

と古田は言った。「この女性さえ妙なことをしなければ、僕のほうは協力します」

「妙なことですって？　よくもまあ——」

「辻さん！」

とマリがあわてて言った。「ともかく、お二人で何を弾くかだけでも決めてちょうだいよ。私のために。——ね？」

辻紀子は肩をすくめて、

「私は何だっていいわよ」

と言った。

「僕も別に二重奏でも構わない」

「あら、あなたにはぴったりの曲があるじゃないの。〈きらきら星〉よ」

「君はヴァイオリンが高いのが売り物なんだから、値段あてクイズでもやるんだね」

「フン」

幸い二人はそれきり口をきかずに二階へ行ってしまった。

他のグループ——真知子と丸山、長谷和美と大久保は、それぞれ笑い声も聞こえている。

「じゃ、私たちも打ち合わせをしましょうよ」

とマリが言った。

「そう……。それじゃ、君の部屋で、どうかな」

「私の？——いいわ」

マリはちょっと戸惑ったような顔で肯いた。

二人は階段を上がって行った。

「猫ちゃんはどこに行ったの？」

途中でマリが訊いた。

「ちょっと公用でね」

と片山は言った。

「まあ、面白いのね」

とマリが笑いながら言った。

「さあ、どうぞ」

マリは特別に改造された、重い遮音扉を開けた。

部屋はかなり広々としていて、室内も新しく装飾を直してあり、居心地のよさはかなりのものと言えた。

セミダブルのベッド、机、それに中央に譜面台が立っている。

朝倉の発案だろう、机にはカセットレコーダーが置かれていて、内蔵マイクで自分の演奏を録音し、あとで聞くことができるようになっている。

「——いい部屋だねえ」

片山は感心したように言った。

「ええ、理想的環境と言っていいでしょうね」

と、マリはベッドに腰かけて、「でも、ぜいたくなものね、人間なんて。却って、もっと狭くて、不自由してた頃のほうが、一生懸命練習したみたい」

「新作の練習は進んでるの？」

「あら、そういうことを訊くのは規定違反よ。逮捕します！」

「僕は部外者で、かつ音痴だからね」

片山は苦笑した。

「どうしてここで打ち合わせをしよう、って言い出したの？」

「実はね、例の隠しマイクを捜したかったんだ。犯人を逃がしちゃったんでね」

「まあ」

片山は、今一歩で犯人を取り逃がしたいきさつを話してやって、

「これでともかく、君が犯人でないことは分かったわけだ」

「そうね。私はあなたが見張ってることは知っていたんだから、のこのこテープを替えに行くはずがないもの」

「そのとおり。――これで犯人も、当然もうばれてると知ってるわけだから、今さら、見張っていても仕方ないだろう。で、マイクを外してしまおうかと思ったんだ。もし、見付けて騒ぎになっても、神経に応えるだろうしね」

「そうね。みんなピリピリしているもの」

「だから、この部屋で、まずマイクを捜そうと思ってね。どうせどの部屋も同じ所に仕掛けてあるに違いないから、一つ分かれば後は簡単さ」

「でも、いつ外すの？　みんな部屋にいるのに」

「夕食のときがいいだろう。僕がいなくても別に怪しまれない」

「あら、割りと頭がいいのね」

片山は、喜んでいいのかどうか、複雑な気分だった。

「さて、捜すか。――どこへ取り付けるにしても、あんまり手のかかることをやる暇はなかったはずだ……。さて、どこかなあ」

「面白そうね、私も手伝うわ」

「頼むよ。こういうとき、あいつがいてくれると助かるんだけど……」

「あいつ、って?」

「いや、僕の助手でね」

ホームズの奴が聞いたら怒るだろうな、と片山は思った。

二人は、ベッドの下から、机の裏、照明の上、椅子の下、壁のパネルの裏など、次々に調べて行った。

「――畜生、だめか!」

片山は立ち上がってため息をついた。

「結構見付からないものね」

「もう外しちまったってことはないと思うけどね。――そんな暇はなかったはずだ」

「お昼のときに――」

「いや、そんなに長く席を外していた人はいなかったよ。見てたんだ。せいぜいトイレへ立って戻って来るぐらいだった」

片山は首をひねった。

「でも、もう使われていないわけでしょ。だったらいいじゃないの。これだけ捜して見付からないんですもの、誰かが偶然に見付ける可能性もないと思うわ」

「それもそうだね」

すぐ諦めてしまうのが、片山の悪い癖である。「さて、それじゃ練習の邪魔をしちゃいけないから――」

「あら、打ち合わせは？」

「あ、そうか。でも、僕はどうも……分からないから、君に任せるよ」

「そう逃げないで」

マリはそう言うと、ベッドに腰をかけて、急に顔を伏せて泣き出した。

片山は、呆気に取られていた。今まで愉快そうにしていたのに……。

これだから女はいやなんだ。泣くときはちゃんと泣きたくなるような状況下で、泣き出しそうな顔で予告を打っておいてくれなくては困る。そうすりゃ、泣き出す前に逃げちまうのに。

「ね、ねえ、君……。泣くと……体に悪いよ。心臓によくない」

自分の心臓のことを言っているのである。「ね、落ち着いて……気を鎮めて」

なだめるほうがオロオロしているままでは、全く効果はないのが当たり前である。

「水分と塩分を損するよ」

もうちょっとましなことは言えないのか、と我ながら、情けなくなる。しかし、大体が女性が苦手で、それも泣いている女性から逃げるためなら窓から飛び降りてもいい、ぐらいに思っているのだ。――もっとも、その場合は高所恐怖症という問題も控えている。

マリはグスンとすすり上げながら、まだ泣いている。片山のほうが泣きたくなって来た。

すると、急にマリがパッと顔を上げ、にっこり笑った。

片山がポカンとしていると、

「どう？　私、泣くお芝居、特技の一つなのよ」

と言って、得意そうに笑った。

「びっくりしたな……。どうしようかと思ったよ。救急車でも呼ぼうかと――」

「この特技、内緒よ。誰も知らないの」

「分かったよ」

片山も、つい微笑んだ。

「子供の頃からね、よくやったわ」

とマリは言った。「ヴァイオリンの練習が辛くてね。何時間もぶっ通しで稽古《けいこ》、稽古、でしょ。くたびれ切って休みたくなると、急に泣き出すの。可哀そうに、なんて言ってくれるお母さんじゃなかったけど、一応は少し休ませてくれたわ」

片山は、椅子に浅く腰かけた。

「そんなに凄かったの？」

「お決まりのパターンね。母が果たせなかった夢を私が、っていうわけ。でも子供の夢はどうなるのかしら？　私も本当に小さい頃は、スチュワーデスになりたいとか、看護婦さんになりたいとか、子供らしい夢を持っていたわ。でも……後はもう、ヴァイオリン、ヴァイオリン。一筋に、ただまっしぐらにね」

「でもここまで来たんだ。才能があったんだよ」

「ええ、私もまんざら才能がないわけじゃないと思ってるわ。――でも、他の人が考えてるみたいに、才能は鍛えればそれだけ伸びるってものじゃないのよ。決まった大きさの容れ物には、それ以上は入らないわ。無理をすれば……歪《ゆが》んで来るだけ」

「自分で限界があると思うのかい？」

「分からないの。――そんなこと、考えてる暇もなかった。……でもここへ来てね、初めて、そんなことを考えたわ」

マリは微笑んだ。「皮肉ね。競争のためにここへ集まってるのに、ここでそんな余計なことばっかり考えてるなんて……」

「人間、一人になるなんてことは、なかなかないからね」

「そう。そうなのよ。――今までは練習といっても、母や先生がついていたわ。一人でやっていても、絶えず、母の目を意識していた。ここへ来て初めて母の目が消えたの。ただ、私と、ヴァイオリンと、二人きりになったのよ」

マリはすっと立つと、ヴァイオリンを手に取った。顎に挾んで持つと、弓を軽く滑らせて、糸巻を動かす。もうヴァイオリンは、彼女の身体の一部になったように、ぴたっとおさまってしまっていた。

「何か弾きましょうか」

「――いいのかな」

「ええ。本選の曲と関係なければいいでしょう。これを今夜の打ち合わせってことにすればいいわ」

「ありがたいな。じゃ……できるだけ分かりやすいのをね」

片山とて、美しい曲を美しいと感じる程度の感受性は持ち合わせているのである。

名前は分からないが、聞いたことのある、物哀しいメロディが、部屋に満ちた。

それは、弓が弦をこすっている音とは全く聞こえなかった。ヴァイオリンの全体が――いや、マリ自身の体そのものが、豊かな音を波のように送り出し、共鳴しているようだった。指板に、白い、長い指が吸いつくように這って、弓が呼吸そのもののように、自然にのび上がり、滑り落ちる。

片山はうっとりと聞きほれていた。いや、聞きほれるというより、音がすっぽりと包み込むように、身体へしみ込んで来た。

曲は、細かく、震えるようなヴィブラートをかけて消えて行った。余韻が、部屋の中を、しばらく見えない渦となってめぐっていた……。

「すばらしいね」

片山は拍手した。マリが舞台の上のように頭を下げる。

「絶対に君が優勝だ！」

マリは笑い出して、

「いやね。これぐらいはみんな弾くのよ」

と言ったが、頬が赤くなって、嬉しそうだった。「でも……誰かのために弾くって、すてきなことね。こんなこと、初めてだわ」

「誰かのため？」

「ええ。決まった人のために……。あなたが聞いていてくれたから、弾けたんだわ」

「そりゃ光栄だなあ」

片山は微笑んだ。——その微笑が、凍りついた。

マリがヴァイオリンと弓をテーブルへ置くと、椅子に腰かけている片山のほうへと近付いて来たからだった。

いやな予感がして、緊急事態を告げる赤ランプが片山の頭の中で点滅した。今までにも、こういうふうに、女性が近付いて来たことがあったのである。

この足取り、時速何キロか知らないが、その前進して来る速度、その目つき。——不思議にそこには共通したものがあった。研究して学界へ発表すれば、センセーションを巻き起こすかもしれない。

いつもだと、片山はぐっと後ずさることにしている。そうしないと、一方が停止していて一方が接近して来た場合、すれ違わない限り、衝突は免れないからである。

しかし、今度はそうはいかなかった。片山は椅子に座っているのだ。後ずさるには、背もたれが邪魔であった。といって取ってしまうわけにもいかない。

おたおたしているうちに、ついに接触事故が起きた。マリが、身をかがめて、片山の唇へキスして来た。

片山は気が遠くなるかと思った。マリがぐっと抱きついて来る――これを抱き返せばよかったのだが、押されるに任せてしまったので、椅子はぐっと傾いて、あっと思ったときには二人して床へ転がっていた。

もちろん、床は、あの書斎と同様、毛の深い、ふかふかとした絨毯《じゅうたん》が敷きつめてあるので、けがはなかったが……。

起き上がって、二人は顔を見合わせた。

マリがクスッと笑った。

「ごめんなさい」

片山はホッとした。

「いや……。僕はいいけど……まあ、みんな神経が昂《たか》ぶってるんだよ」

「違うわ」

マリはきっぱりと言った。「私を長谷さんと一緒にしないで！　私、初めて見たときからあなたを愛してるの」

ここに晴美がいれば、ちっとは俺を見直したろうに、と片山は思った。

「ねえ、僕はもう三十に手の届こうっていう、しがない刑事だよ。二分音符と四分音符の区別もつかない男だ。――君のような音楽家から見りゃ、それはもう信じられないくらい、非音楽的な男なんだ」

あまり筋の通った言い方ではなかったが、大体、男女の仲とはそういうもので、片山も、それだけは何度も振られて、よく理解していた。

「結婚してとは言わないわ」

マリは起き上がると、ベッドに腰かけた。片山も、今度は、ただ立っていることにした。

「結婚するなんて言ったら、お母さんに殺されちゃう。――いえ、あなたが殺されるかもしれないわね」

「まだ君は若いんだよ。これから、もっともっと活躍する場が拓《ひら》けて来るんだ」

「私ね……恋って初めて」

とマリは床へ視線を落としながら、言った。「今まで、ボーイフレンド一人、つくる時間がなかったわ。一日はヴァイオリンのために細かく区切られて、レッスン、またレッスン……」

「これから、いくらも機会があるよ」

マリはちょっと間を置いて、言った。

「このコンクールに名前をいただいてるスタンウィッツ先生に教えていただいたことがあるの。——とっても大きな方でね。体もだけど人柄もね。私に弾かせた後で、こうおっしゃったわ。『君は恋をしたことがないだろう』って。『恋をしないと、ヴァイオリンは本当の音を出さない。すすり泣かないし、歌わない』って……」

「僕が少し役に立つといいね」

片山は微笑んだ。

「いい人ね、あなたって。私と寝てくれない？」

片山はギョッとして飛び上がった。

「そ、そんなことはだめだよ！　ねえ……僕は別にその……女嫌いじゃないし、君の魅力はその……しかし、それとこれとは別だからね」

「割り合い古風なのね」

「そう。——妹にはいつもハッパかけられるけどね」

「晴美さん、ね。あんな素敵な妹さんがいちゃ、女を見る目も厳しくなるわね」

「どういたしまして」

と片山は言った。——ポケットのベルが鳴り出した。

「あ、電話だ。それじゃ……」

「今夜は、私に任せてね」

「うん、よろしく頼むよ」

片山は、マリの部屋を出ると、体中で息をついた。

「——お兄さん！」

晴美からの電話だった。

「やあ、どうした？」

晴美は事件のあらましを説明して、

「殺人じゃないからって、全然やる気がないの。頭にきちゃう！」

と不平たらたらである。「そっち、人殺しでも起きない？」

「縁起でもないこと言うなよ」

「何か変わったことは？」

「うん？　まあ——いつものとおりさ」

「いつもの？」

「そう。これでまた俺が振られるんだ」

「何言ってるの？」

「いや、こっちの話さ。——ちょっと待て」

片山は耳を澄ました。ドシン、ドスンという音が聞こえて来る。

「何かあったらしい。また後でかける」

と電話を切ると、廊下へ飛び出した。

他の面々も扉を開いて顔を出す。

「何の音かしら？」

と長谷和美が言った。

「大久保さんの部屋よ！」

とマリが言った。そういえば、そのドアだけ閉まっている。

片山は駆けつけて、ドアを開けた。——室内はめちゃくちゃだった。机はひっくり返り、カセットレコーダーが叩きつけられたのか、壁際に転がっているし、譜面台も倒れて、楽譜が散らばっていた。

そして——ヴァイオリンまでが、無残に叩き割られていた。

大久保の姿は見えない。

「大久保君！」

片山は呼んだ。他にはバスルームしかない。片山は急いでドアを開けた。

大久保が振り向いた。髪を振り乱し、目が大きく見開かれて、虚《うつ》ろに片山を見返す。

「大久保君、大丈夫か？——よせ！」

片山が叫んだのは、大久保が右手で銀色に光る剃刀《かみそり》を握って、刃を左手首へ押し当てていたからだ。

「こっちへよこせ！」

片山が手を伸ばした。剃刀が走った。鮮血が迸《ほとばし》って、タイルの床に散った。

「馬鹿！ 何をするんだ！」

片山が剃刀を持った手に飛びつく。続けて部屋へ入って来ていた古田と丸山が、飛び込んで来た。

片山は剃刀を振り落とそうとしながら、

「血を止めろ！ 腕を縛るんだ！」

と叫んだ。力のある丸山が、暴れようとする大久保を押えつける。古田が、タオルを取って、大久保の腕を上膊部《じょうはくぶ》でぐっと縛った。

大久保が、急に失神して、ガクッと力が抜けた。その右手と格闘していた片山は、急に手応えを失って、つんのめった。

あっと思う間もない。水を張ったままの浴槽が目の前で、片山は頭から突っ込んでしまった。

救急車のサイレンが、遠ざかって行った。片山は、びしょ濡れの服のまま、それを表で見送っていたが、派手なくしゃみをして、あわてて、中へ戻った。

2

広間へ行くと、全員が集まっている。いや、植田真知子の姿だけはなかった。

集まっているとは言っても、別に、何も話すわけではなく、ただ、めいめいが、黙って、重い空気を背負っているようだった。

「刑事さん」

と古田が言った。「寒いでしょう。こっちにストーブがありますよ。点けますから、ここに座ってください」

「ありがとう……」

電気ストーブなので、火力は大したことはないが、ないよりはましだった。

「着替え、ないの？」

マリが心配そうに訊いた。

「今、妹が持って来てくれるから……」

「そう」

片山は大きく息を吐いた。

「——緊張に堪えられなかったんだなあ」

と古田が言った。

「気の毒だな」

と、丸山が肯く。「神経質そうだったよ」

「あの人のこと、私、知ってるわ」

辻紀子が、珍しく沈んだ口調で、言った。

「ほかのコンクールで会ったことがあるの。努力家だけど……お家が貧乏でね。ヴァイオリンを続けるのを許してくれないらしいの。何とかして、名のあるコンクールで優勝して見せないと、ヴァイオリンを捨てるほかなかったのよ。——このコンクールが、学年から言っても、たぶん最後のチャンスだったんだわ」

「そう思うと、よけいに焦って、だめなのね」

と長谷和美が言った。「自分だけがみんなより遅れてるような気がして……。みんな同じなのにね」

辻紀子が古田を見て、言った。

「あなたが代わってあげればよかったのよ」

古田は怒る様子もなかった。

「全くだ。――そう思うよ」

と肯いた。

「でも……分からないわ」

マリが、呟くように言った。「ベートーヴェンや、モーツァルトの音楽があっても、どうにもならないの？　何のために、音楽があるの？　誰のために？　音楽のためにノイローゼになって死のうとするなんて……どこか間違ってるわ！」

「そりゃそうさ」

古田が肯く。「音楽の力なんて限られてるんだ。ナチの連中だって、ベートーヴェンに感激してたんだ。音楽は音楽学校の経営者のためにあるのさ」

片山は驚いた。古田がこれほどニヒルな考えの持ち主とは思っていなかったのだ。

「そんなの惨めだわ」

とマリは言った。「私たちは、それじゃ一体何をしてるの？」

「これが現実よ。競って、勝った人間が、自分の音楽を、他人に聞いてもらえるのよ」

辻紀子が言った。「大久保さんは気の毒だったけど――」

それを断ち切るように、

「ご立派ね、皆さん」

と、入口のところで声がした。真知子が入って来た。

「私はただ、競争相手が一人減った、としか思わなかったわ」

「真知子……」

マリが、愕然《がくぜん》として、「本気でそう言うの？」

「そうよ。みんなだって心の中じゃそう思ってるはずだわ。何ならもっと減ってほしいってね」

重苦しい沈黙が続いた。丸山が言った。

「あんた、きっと勝つよ」

「ありがとう。そのつもりよ」

と真知子が言った。

市村智子が、顔を出した。

「刑事さん。妹さんがおいでになりました」

片山が出て行くと、玄関のホールに、晴美がホームズと一緒に立っている。それに付録がついていた。――といっても付録のほうがよほど大きかったが。

「何だ、お前まで来たのか」

「今晩は」

石津がニヤニヤしながら、「晴美さんに送ってくれと頼まれまして」

と言った。

「お前が送らせてくれと頼んだんだろう」

「お兄さん、そんなこと言ってないで早く着替えなさいよ。風邪ひくわよ」

と晴美が紙の手提げ袋を渡す。

「分かったよ。——あ、市村さん、すみませんけど、二人を書斎へ連れていって何か出してやってください」

「はい。じゃ、夕食をご一緒になさればいいわ」

「いや、そこまで——」

と片山が言いかけるのに、かぶせるように、

「そいつは嬉しいな、腹ペコなんです！」

と石津が言った。


服を替えて書斎へ入って行くと、マリが、晴美と楽しそうに話していた。

「あらお兄さん、もうちょっと早けりゃ、もっと面白い話がマリさんから聞けたのに」

「何だい？」

「どこかのドン・ファンさんがマリさんを口説いた話」

「おい！　冗談じゃないぜ」

片山は苦笑した。「石津は？」

「今、トイレじゃないかしら」

「まあ、あのときの刑事さんもご一緒なの？」

とマリが訊いた。

「妹の後をいつも追いかけ回してるんだ」

「そして兄貴はがみがみ親父のごとく、妹をにらんでるのよ」

と晴美が言った。ちょうどドアが開いて、石津が戻って来た。

「広い家ですねえ。トイレまで一キロはあった」

とオーバーなことを言って、「あれ、あなたは——」

とマリに気付いた。

「この間は一緒に走っていただいて」

とマリが会釈する。

「いや、どうも。お母さんもどうってことなくてよかったですね」

石津が口を滑らした。

「母が？　——母に何かあったんですか？」

マリの顔色が変わった。

「い、いや別に——その——命に別条はありませんから」

これでは、ますます悪い。

「教えて！　何があったんです？」

「落ち着いて、マリさん」

と晴美がなだめた。「――池に落ちたのよ、お母さん」

「池に？　あの公園ですか？」

「そうなんです」

と石津が言った。「夜中に散歩してて、ついうっかりと」

「そんなはずはありません。母が、そんな……」

ここまで言ったら、しゃべったほうがよさそうだ。隠せば無用の心配をする。

「実はね、誰かに突き落とされたらしいんだ」

と片山は言った。「でも、お母さんは、自分で落ちたと言い張ってる。どうも、君の気持ちを乱したくないらしいんだな。それで、このことは、ともかく君には絶対に言わないでくれ、と……」

「すみません」

と石津が頭をかいた。「ついうっかりして――」

「いいえ、いいんです」

とマリは静かに言った。もう落ち着きを取り戻している。

「話していただいてよかったわ。――私もお話ししておきます。母はきっと突き落とされたんだわ」

「犯人の心当たりでも?」

石津が張り切って手帳を取り出した。

「きっと……私の母です」

片山、晴美、石津の三人は顔を見合わせた。マリが付け加えて、

「いえ、私の実の母と名乗っている人だと思います」

「実のお母さん?」

晴美が驚いて、「じゃ、今のお母さんは——」

「母に言わせると、その女は気狂いだということなんです。三カ月ぐらい前に、私の前に現われて、お前は私の娘だ、と言って……」

「ああ、分かったわ」

晴美は思い付いて、「あのとき、ホテルに来ていた人でしょう」

「ええ。じゃ、ご覧になったんですね」

「確かに、妙な人だな、と思ったのを憶えてるわ」

「あの人が、ずっと私の母に、電話をよこしたり、家の回りをうろついたりしていたんです。母はきっとその人に突き落とされたんだわ。でなければ、犯人を言うはずです。私が気にするに違いないと思って、黙っているんだと思います」

「すると、お母さんにも護衛をつけたほうがいいぞ」

と片山は言った。「石津、お前の署の担当だろう。桜井さんの家のパトロールをしてもらうように連絡しろ」

「分かりました。電話はどこです？」

「あ、そうか。俺の部屋だ。この鍵で——いいよ、俺も行く」

片山が石津を連れて二階へ上がり、目黒署への連絡を済ませて戻って来ると、晴美の姿はなく、マリ一人が、ぼんやりソファに座っていた。

「あ、晴美さんは猫ちゃんを捜しに」

「じゃ、僕は晴美さんを捜しに——」

と石津も行ってしまった。片山はドアを閉めると、

「大丈夫？」

と訊いた。

「ええ……。何だか疲れてしまって」

「分かるよ。——でも、心配はない。ちゃんとお母さんのほうも警備するように言ってあるからね」

「ごめんなさい、ご迷惑かけて」

「何言ってるんだ。——君はただ、本選で頑張りゃいいのさ」

「それが……いやになっちゃって」

マリは顔を伏せた。「大久保さんの自殺未遂、母の事件……。あの変な女が出て来たのも、このコンクールに私の出場が、ほぼ決まった頃なの。何か関係があるんだと思うわ」

「君のペースを乱すためかな」

「そんなことをして——そんなにまでして、勝ちたいかしら?」

とマリは言った。「勝って、手に入れるものと、失うものと、どちらが多いのか、分からなくなって来ちゃった」

マリの目から、涙が一粒、流れた。演技の涙ではなかった。


片山はぐっすり眠っていた。

夜中なのだから当然のことだが、警備のために来ている身としては、あまりぐっすり眠っては困るのである。

しかし、片山には重宝な目覚まし時計がついている。ホームズである。眠りが浅いのか、感覚が鋭いのか、ちょっとした気配や物音にも目を覚ます。

片山のほうもすっかりあてにしてしまって、ぐっすり眠り込んでいるというわけである。

四日目の夜——というか、すでに真夜中を過ぎて、五日目の午前二時頃だった。

片山は頬っぺたに冷たい物が触れるのを感じて、ムニャムニャと寝ぼけたまま、

「キスはだめだよ……」

などと言っていると、今度は、

「ニャー」

という耳元の声で起こされた。

「何だ、ホームズか」

起き上がった片山は大欠伸をした。「もう朝飯かい？」

時計を見て、

「まだ二時だぜ。――おい、ひどいじゃないか」

とぼやく。

ホームズがドアのほうへ向いて、短く鳴いた。

「ん？　何だ？　外に誰かいるのか？」

片山はパジャマの上にガウンをはおった。「寒いなあ。この辺はやっぱりぐっと冷えるんだ」

と愚痴って、ドアをそっと開けてみた。

廊下は暗く、奥までも見通せないほどだったが、じっと目をこらしているうちに、何やらうごめく影に気が付いた。

誰かいる！　片山は、緊張した。いくら片山でも緊張すると多少眠気はさめる。

頭を振って目をこすり、じっと暗がりの中を見通すと……目が慣れるにつれ、人間の輪郭が浮かび上がって来た。

ただ、それはえらく太っていた。あんなに太ったのが、この屋敷にいたかしら、と片山は思った。——と、それは頭部が真ん中から左右に別れた。

要するに二人の人間だったので、太って見えたのである。二人の人間は、しかし、頭以外の部分はくっついたままだった。

要するに、何のことはない、男と女が、抱き合っているのだ。時々、頭のほうも一つに溶け合うことがあるのは、唇と唇を触れ合うという、人類誕生以来、最も数多く行なわれて来たに違いない儀式を執り行なっているのに違いない。

しかし、一体誰と誰なのだろう？　晴美ほどではないが、片山にも一片の野次馬根性というものがないではない。しかし、いくら根性といっても、それだけで、暗がりに目がきくようになるわけではないのである。

男のほうは、大久保がいなくなったから、古田か丸山だ。女のほうは？　植田真知子は練習の鬼だし、長谷和美か辻紀子か。それとも——桜井マリ？

まさか！　そんなはずはない！　別に恋人のつもりはないのだが、もしかして、あれがマリかもしれないと思うと、やはり、心中穏やかでない。男心の勝手さよ、というところか。

気にはなるが、といって、のこのこ出て行って、顔を見てくるのも妙なものだ。ここは紳士として、やはり断固、ドアを閉めるべきである！

「なあホームズ」

ドアを閉めて、片山は言った。「お前も女だな。野次馬——野次猫っていうのかな？　ま、いいや。こんなことで起こさないでくれよ」

そう言うと、さっさとベッドに入って寝てしまう。

ホームズは肩をすくめて、——いや、本当にすくめはしないが、そんな顔で、「じゃ、勝手にしろ」と言わんばかりに、ベッドの上へヒョイと飛び乗って、片山の足もとで丸くなった。

「ここも寝心地は悪くないんだけどね」

ホームズが言葉をしゃべれたら、きっと言っただろう。

「主人の寝相が悪いんだ、時々ベッドの下へ落っことされるんだよ」

しかし、その夜は、ホームズも無事に眠れた。

風の音だけが、夜の底で唸《うな》っていた。広い屋敷は、重い沈黙の中で、仮の眠りに沈んでいた。

やがて夜が明ける。

そして、事件は、午前五時半に、発見された。

片山ははね起きた。ドアをドンドン叩く音と、ホームズの、ギャーッという、威嚇の声のステレオに起こされたのである。

「刑事さん！　大変です！　刑事さん！」

市村智子の声である。

片山はベッドから出ると、ガウンを着ながら、ドアを開けた。

「どうしました？」

「大変なんです——書斎に——女の人が——死んで——」

市村智子の言葉で、事態は充分に飲み込めた。

片山は廊下へ飛び出した。ホームズが、それにつづく。

階段を駆け降りると、片山は書斎へ向かって走った。書斎のドアは少し開いている。

中へ入って、片山は顔をしかめた。暑い。ムッとするような暑さである。

「何だこりゃ？」

片山のセリフが、殺人事件に際しての言葉として、不適当であったとしても、それは許されて然るべきだろう。

書斎の真ん中に、女が倒れていた。

コートを着込んだ、五十歳か、もう少し若いぐらいの女である。死んでいることは分かった。胸に——それもピタリ心臓に、ナイフを突き立てられて、生きていられる人間はあまりいないだろう。

だが、片山が目を丸くしたのは、その死体のせいではない。死体があることは市村智子から聞いていたのだから、別に驚かなかった。驚いたのは、この部屋の異常な暑さのもと、つまり、女の死体の向こうに、四つも並んで、赤々と光を放っている電気ストーブであった。

「どうなってるんだ?」

片山は思わず部屋から一歩外へ出た。

「どうしましょう?」

と市村智子が追いついて来た。

「すみませんが、あなたはここに立っていてください」

「は、はい」

「誰も中に入れないように。いいですね」

「分かりました。刑事さんは――」

「署へ連絡を入れます」

「はあ、よろしく」

「ホームズ、お前はここにいてくれよ」

と、片山は一人、階段を駆け上がった。

「やあ、何かあったんですか?」

同じガウン姿で廊下をやって来たのは、古田武史だった。「何だかドタバタしてるんで、何かと思ったけど……」

「事件だ」

と片山は言った。「殺人」

「殺人？」

古田は目を見張った。「誰が？　やられたのは？」

「知らない女だ。――部屋にいて、後で連絡するから」

片山は自分の部屋へ入ると、電話を取った。

――やれやれ、とうとう殺人騒ぎか。

ここにいれば、殺人とは無縁でいられると思ったのに……。

片山は連絡を終えると、急いで服を着た。廊下へ出ると、古田がみんなを叩き起こしたらしい。全員が廊下へ出て来ていた。

「刑事さん、誰が殺されたの？」

「ピストル？　ナイフ？」

「男？　女？」

「犯人は？」

と一斉に声をかけて来る。

「まだ何も分からないよ。みんな——起きるのなら、ちゃんと起きたほうがいいね。すぐに警察が来る」

階段を降りかけた片山へ、真知子の声が飛んだ。

「コンクールは大丈夫でしょうね！」

さすがだ、と片山は思った。

「片山さん」

と、マリが追って来た。「殺されたのは、どんな女《ひと》？」

「五十ぐらいの女だ。コートを着て……」

「顔だけでも、見せて」

片山は、ちょっと迷って、

「死体だからね、あんまり気持ちのいいものじゃないよ」

と言った。

「構わないわ。顔が見たいの」

「——分かった。じゃ、おいで」

片山は書斎の前へ戻った。

「警察の方がみえるんでしょうか？」

「すぐに来るはずです」

ハンカチを手にドアを開けて、片山は中へ入った。熱気で顔をしかめながら、死体からできるだけ離れて回り、電気ストーブのスイッチを切った。

「ああ、凄い暑さだ」

と首を振る。「ドアは開けておこう」

マリが、恐る恐る中を覗き込む。そして、倒れている女を見た。

「あの人だわ！」

「知ってるの？」

「私の——母と名乗ってた人だわ」

「これが」

「ええ、間違いないわ」

しかし——どうして、この女にここが分かったのだろう？　なぜ、ここで殺されたのだろう？　片山は、考え込んだ。

そして、あのストーブは何だろう？

3

「ついに、か……」

栗原は現場を見て、言った。残念そうな顔をしようとするのだが、つい嬉しそうな顔になってしまう。

「何だ、あのストーブは？　叩き売りでもやってたのか？」

片山が説明すると、栗原はフーンと肯いて、

「死亡推定時間をずらそうとしたんだな。見えすいとる」

片山とて、それぐらいは考えてある。

「しかし、それなら、ストーブを置いたままにしておくでしょうか？」

「片付けるのを忘れたんだろう」

栗原は、ミステリーマニアに殺されかねない安直な理由をくっつけた。「――まだ少し熱気が残っているな」

「ええ。何しろ最初は真夏のアスファルトの照り返しにあったみたいでしたよ」

「四台か。――全部ここにあった物か？」

「さあ、それは……。市村さん！」

片山は、市村智子を呼んだ。

「ええ、あっちの戸棚にしまってあったものです」

と、市村智子は肯いた。「夜なんか、冷えることがありますからね、今頃の季節は」

「発見したときの様子を聞かせてください」

と栗原は言った。

「はい。あの……私、今朝は五時に起きましたの」

「いつもどおりですか？」

「いえ、いつもは六時です」

「すると、今日に限ってなぜ？」

「朝食に特別なものを作ろうと思ったんです。毎朝どうしてもメニューが似て来ますでしょう？」

「なるほど。それで五時に。それから？」

「こっちへ出て来たのが、ちょうど五時半でした。食堂の茶碗その他、広間で使ってそのままになっているものがあるので、取りに行ったのです」

市村智子は、ちょっと咳払いをして、続けた。「でも、広間には何もなくて、私は空手で戻って来ました。ところが、どうも書斎に明かりが点いてるようでした。消し忘れてはいないはずなのに、と思いながら、ここへ来てドアを開けると……」

と言って、市村智子は言葉を切った。

「なるほど、分かりました」

と栗原は肯いた。「ここの戸締まりはどうなっています？」

「私が寝る前に全部見て回ります」

「それは何時頃ですか？」

「一応十一時と決めています。多少遅れることはありますが、十一時半までにはなりませんし

「なるほど。今朝は見ましたか？」

「いえ。朝はいちいち見て回りません」

「それはそうですな。刑務所じゃないんだから」

栗原としては、冗談のつもりだったらしいが、ちょっと死体を前にしては、合いすぎる感じで、市村智子は、引きつったような、笑いともいえない表情を見せた。

「この女を見たことがありますか？」

と、栗原が訊いた。

「いいえ。憶えがありません」

「そうですか。——では、結構です」

「はい」

市村智子は立ち去りかけたが、二、三歩行って、振り向き、

「みなさんに朝食を出してよろしいでしょうか？」

と訊いた。

「いいですとも。どうぞご自由に」

「この事件で、コンクールが中止になるとか、そんなこと、ありますかしら？」

「さあ。極力そんなことにはならないようにしたいと思っていますがね」

「お願いしますわ。みなさん、あんなに一生懸命やってるんですもの。それがむだになったら……」

栗原は、市村智子が行ってしまうと、顎を撫ぜながら、死体を見下ろした。片山が訊いた。

「どうでしょうね、課長？」

「何がだ？」

「コンクールに影響は出るでしょうか？」

「どうかな」

栗原は首を振った。「もし容疑が、本選に残った連中にでもかかれば、ちょっと微妙になって来る」

それはそうだろう。そうなれば、少なくとも犯人がはっきりするまで、延期ということにならざるを得まい。

しかし、これだけの準備と、厳しい日程を再び組み直すことは不可能だろう……。

「——おい、南田はまだか」

と栗原が言った。そのとたんに、タイミングよく、当人がやって来る。

「呼んだかね」

「おい、どこかで隠れん坊してたんじゃあるまいな」

「冗談言うな。年中こき使われていて、そうそうすぐに飛び出して来れると思うのか」

愚痴と皮肉は南田の癖である。

「いいから早く頼むよ」

「分かった、分かった」

南田はうるささうに言った。「死体はあれか。一つだけか?」

「そういくつも出て来てたまるか」

「何だか、この部屋は暑いな」

片山が発見したときの状態を説明すると、南田は肯いた。

「なるほどな。しかし、ストーブを点けっ放しというのは解《げ》せんな」

「それは、たぶん、発見した市村さんが、いつもより一時間早く起きたからじゃないかと思いますね。本当はその間に片付けるつもりだった……」

「なるほど。予定が狂ったわけか」

栗原が気になる様子で、

「死亡時間を割り出すのが大変か?」

と訊いた。

「いやいや。そんなことで大して違やしないよ。大丈夫。今はいろいろ方法がある」

と南田は死体の検分を始めた。

片山と栗原がそれを眺めていると、どこかへ姿を消していたホームズが戻って来て、死体のそばへ歩いて行く。

「何だ、お前はいつも死体のある所に出て来るな」

南田が愉快そうにホームズへ声をかける。ホームズは死体の周囲をかぎ回っていたが、ふと足を止めると、ニャーオと短く鳴いた。

「何かあったのか？」

南田が顔を上げ、ホームズのほうへ歩いて行った。「——何かの粉だな」

「粉？」

「うん。白っぽい粉だ。ほんのわずかだがね」

栗原が近付いて、

「おい、まさか——」

「ヘロインか何かと言うんだろう？　お前さんは何でも犯罪に結び付けたがる。悪い癖だぞ」

「じゃ何だ？」

と、栗原が渋い顔で腕を組んだ。

「さてね。白粉《おしろい》かもしれんし、フケかもしれん。胃の薬か白墨の粉か——」

「真面目に答えてくれ」

「調べなきゃ分からんよ、こんな少量では」

南田が、粉を封筒へ取って入れた。

「大体何時頃か見当はついたか？」

「そうせかせるなよ。俺は別に水晶球を持ってるわけじゃないぞ」

「おや、持ってなかったのか？」

と栗原が真顔で言うと、

「そうさ。持ってりゃ、今ごろお前さんの頭へぶつけてたよ」

と言い返した。

ホームズはその間に、南田が死体を横へずらした、その跡をかぎ回っていた。絨毯の毛が深くて柔らかいので、死体の跡がくっきりと残っている。

片山が目をパチクリさせた。

「課長！」

「何だ？　素っ頓狂な声を上げて」

「見てください。——傷口からあれだけ血が出てるのに、絨毯にはしみ一つありませんよ」

「そうか……。するとここ現場はここじゃないんだな」

南田が二人の顔を眺めて、

「何だ、それも分かっとらんかったのか？　それぐらいはてっきり知ってると思っとったよ」

「死体をそのままにしとかんと誰かがうるさいからな」

と栗原が言った。

「――たぶん殺されたのは、夜中の二時前後だろう。死体が暖められていたのを考慮してそんなものだ」

「二時か……。どこか外で殺して、ここへ運んで来る時間はたっぷりあったわけだな」

片山は南田に訊いた。

「血を後で拭ったとは考えられませんか？」

「いくら拭っても、見ろよ、この絨毯の毛を。これへ流れてしみ込んだら、とても落ちやしないよ」

「そうですか」

「俺の家の絨毯とは厚味が大分違う」

と南田は妙なところに感心している。

「おい、即死だったと思うか？」

「たぶん一分以内だろう。意識がボーッと薄らいで――それきりだろうな」

「死んだ経験があるようなこと言うじゃないか」

「これだけ死体に付き合ってると親しくなるんでな。教えてくれるのさ」

と応じて、「後は検死解剖だな」

「分かった。ご苦労さん」

「珍しいことを言ってくれるじゃないか」

南田はニヤッとして出て行った。

「ここで殺されたんじゃないとすると……。なぜここへ死体を置いたんでしょう?」

と片山は言った。「ある程度、時間をかせげると思ったのかな。ここは朝食が済むまで人は来ませんしね」

「かもしれんな。しかし、隠す気があったのかどうか……」

栗原は首を振って、「ともかく、女の身許だ。――おい、片山。凶器はどうだ。見憶えあるか?」

「いえ、ありません」

「ナイフが一本なくなったと言っていたな?」

「果物ナイフです。これは違いますよ、どう見ても」

「そうか……。やはりちょいと厄介だな」

と栗原は言った。「この女が実の母親だと名乗っていた相手は?」

「桜井マリです」

「狙われた当人だな。こいつは面白い」

「彼女には動機がありませんよ」

「誰も犯人とは言っとらん。しかし、桜井マリをめぐっての何かが、この事件の原因には違いない」

「そうですね」

その点は片山も認めざるを得ない。まさかこの女が、たまたま殺されてここへ運ばれて来たわけはあるまい。

「——すると、桜井マリに会いますか」

「そうだな。まだよかろう」

片山は少しホッとした。栗原は片山を意味ありげに眺めて、

「お前、その娘に俺を会わせたくないようだな」

「いえ、そんな……。ただ、彼女にとっては——いや、ほかの五人にとっても、これからが大事なときです。この事件で、ただでさえ落ち着きを失っているのに、犯人扱いされれば、またノイローゼ患者が増えるかもしれません」

「誰かが参ったそうだな？」

「大久保靖人です。他の六人はまだ一応……。でも神経質になっているのは確かです」

「どうだ？　今回は誰かに迫られなかったのか？」

「そ、そんな、課長――」

「あわててるな。怪しいぞ」

「あ、そうだ」

片山は、ふと思い出した。「ゆうべの二時頃といえば……」

「何かあったのか？」

片山が、廊下に男女の抱き合う姿を見たと話すと、栗原は肯いて、

「そんなこともあると朝倉先生が言っとったよ。――そうか。朝倉先生の所へも報告に行かなきゃならんな」

「みんなには訊問しますか？」

「まず桜井マリの母親に会って、この女だと確認させよう。それから、その辺の事情をじっくり聞く」

「分かりました」

ホームズが、ニャーオと鳴いた。「――何だ、どうした？」

ホームズは、本棚を見上げている。片山は一緒になって見上げたが、別に変わったものも見当たらない。

「どこがどうだっていうんだ？」

ホームズはじれったそうに片山を見て、また鳴いている。業《ごう》を煮やした様子で、ヒラリと

本棚の、途中の棚へ飛び上がった。そして更に上を向いて鳴く。

「もっと上か？——どこまでだよ？」

仕方なく片山は棚へ足をかけてよじ登った。あの盗聴装置の仕掛けてあった棚に、百科事典が並んでいる。

地震の後では、適当に突っ込んでおいたのだが、百科事典は五十音順に並んでいないと、気付かれるかもしれない、と、後で百科事典だけはちゃんと順番どおりにしておいたのである。ところが……。

「あれ？」

「どうした？」

「百科事典の順序が、またメチャクチャになってるんです」

片山は首をひねった。「おかしいな、ちゃんと並べてあったのに」

「誰かが本棚を引っくり返したんじゃないのか。この絨毯の上じゃ安定が悪いだろう」

「これが引っくり返ったら、それこそ大変ですよ」

と片山は棚から下りた。「それに、この本棚は全部壁にがっちり固定してあるんです。倒れやしませんよ」

「じゃ何だって言うんだ？」

「分かりません」

と片山は素直に言った。この素直さが片山の身上である。

「はい、この人です」

と、桜井充子は肯いた。

栗原は、死体の顔を写したポラロイド写真を充子から受け取ると、

「この人があなたを池へ突き落としたんですね？」

と訊いた。

桜井充子は、居間のソファで、落ち着かない様子で、座り直しながら、

「それは何とも申し上げられませんわ」

「しかし——」

「顔も何も見たわけではありませんもの。あのときは確かにこの女からの電話で、出かけました。ですから、たぶん私を池に突き落としたのもこの女だと思います。でも、断言はできませんわ」

「分かりました」

「この人のことを——黙っていて申し訳ありません。でも、私が突き落とされたことが新聞などに載って、マリの目に触れては、と思って……」

「お気持ちは分かります」

「この人が殺されたというのは、どういうことでしょう？　さっぱり分かりませんわ」

「そもそも、どういう人なんです？」

「知りません」

と充子は肩をすくめた。「本当なんです。この人がどういう人で、何という名前なのか……。ただ、三カ月ほど前、急にマリと私に接近して来て、マリを自分の娘だ、と言い張るのです」

「失礼ですが……」

と栗原は言葉を切った。これで向こうには通じるはずだ。

「この人の言ったことはでたらめです」

充子はきっぱりと言った。「マリは私の実の娘です。ちゃんと記録もありますわ。何なら――」

と腰を浮かそうとするのを、

「いや、結構です」

と栗原は急いで止めた。「しかしどうして、そんなことを言い出したんでしょうねえ」

「見当もつきませんわ。たぶん――死んだ子供にマリが似ているとか、その程度のことじゃないでしょうか。少しおかしい人なんです。気の毒だとは思いますが、迷惑ですわ」

かなり腹に据えかねているらしい。

「お嬢さん——マリさん、でしたね。マリさんは、どう思っていたんですか？」

「さあ。——最初は気味悪いといっていましたが、そのうち、コンクールの準備に忙しくなって、それどころではなくなりましたから」

「なるほど」

充子は栗原の顔を見て、

「まさかあの子が疑われているとか——」

「いや、あの女性は、外で殺され、運び込まれた公算が強いのです」

「まあよかった」

とつい言って、「——でも、人が一人死んだのですものね」

と反省している様子を見せた。

「まずあの女性の身許ですな」

と栗原はくり返した。「新聞に写真が出ます。反響があるでしょう」

「コンクールへは影響ないんでしょうね？」

充子はそこが一番気になるようである。

「これから朝倉先生のところへ回ってみます。こちらとしては、続けていただいても差し支えないと思います。そのほうが、全員の居場所がはっきりしていますからね」

「まあ、それは——よかったわ。みんなの努力がむだにならなくて」

ともかく、充子の頭には、コンクールしかない様子だった。

栗原の話を聞いた朝倉は、

「すると、女はあの屋敷外で殺された、というわけですな?」

と訊き返して来た。

「確実というわけではありませんが、その可能性が強いと思われます」

「それではコンクールのほうに支障はありませんな。今さらやめるわけにはいかないのです」

「よく分かっております。今後、よほどのことがない限り、コンクール中止の必要はないでしょう」

と栗原は言った。「ただ、本選に残って、あそこにいた人には、いろいろと質問をすることはあると思います」

「それはやむを得ないでしょう」

「充分にその辺は気を遣いますので」

「ところで――須田のほうはどうなりました?」

「はあ。それがどうも殺人事件ではないというわけなので、こちらとしても……」

栗原も歯切れが悪い。

「まあ結構ですよ」

と朝倉は言った。「――しかし、須田に死なれると困ります。音楽は八長調も分からん男でしたが、金勘定だけは上手《うま》かった。私にはそれが全くだめでしてね」

「先生は芸術家でいらっしゃるんですから」

栗原の言葉に、朝倉は微笑んだ。

「金がなくては芸術もできないんですよ」


広間に、六人全員が集まって、所在なげにしていた。

「あんまり引っかき回さないでいてくれればいいけど」

と、真知子がふくれっつらで文句を言っている。

「充分に気をつけてるはずだよ」

と片山がなだめるように言った。

あの女の殺されたのが、もしこの屋敷のどこかだったとしたら、というわけで、各室を血痕などが残っていないか、調査しているのである。

その間は、練習もおあずけというわけだ。みんなヴァイオリンも持って来ていたが、お互いに聞いているところで練習はできない。

「どれぐらいかかるのかしら？」

と言ったのは、長谷和美だ。

「もうそれほどかからないと思うけどね」

「困るわ、稽古できないなんて」

と、かなり苛々した口調である。

「でも、みんな、いい加減、新曲の解釈はついたんだろう？」

と丸山が言った。「僕は全然だめだ」

「あら私だって」

と長谷和美が、「弾くのはできても、それだけね。解釈まで行くかしら。心配だわ」

「私だって」

辻紀子が言った。

真知子が愉快そうに、

「みなさん、ご謙遜《けんそん》ね。正直なところをおっしゃい」

と言って、他の五人を眺めた。「大体もう見通しがついたでしょ。でも全体的なバランスとか、構成はまだ充分でない。——そんなところが本音でしょ」

「私はだめよ」

と言ったのはマリだった。

「また！　マリが、あんなの苦手なはずないじゃないの」

「いいえ、今度はだめ。どうしても構造が浮かび上がって来ないの。――もう絶望的ね」

「みんな、油断しないで。この人は、新作を一番得意とする人なんだから」

「やめてよ」

と、マリにしては珍しくぶっきらぼうに言った。――自分に縁のある人間が殺されたのだ。練習に集中できなくて当たり前だろう。

「そうだ」

片山はふと思いついて、「君らも、何か見なかったか、とか、いろいろ訊かれると思う。ぜひ正直に話してくれ。捜査にとって大切なのは、正確な情報なんだ」

「午前二時じゃ、誰も起きてないでしょう」

と古田が言った。

「そうでもないようでね」

片山は、夜中の二時頃に、廊下に男と女がいたことを話した。

「へえ、誰なの？」

真知子は、好奇心も人一倍あるようだ。

「暗くてよく分からなくてね」

「興味あるわね」

と長谷和美も言った。「誰と誰なのかしらね」

「古田さんと誰か、じゃない？」

古田は笑って、

「そうもてないよ」

と言った。

五日目か。——片山は時間のたつのが、かくも遅いものか、と思った。

第四楽章　フィナーレ

1

「問題はいろいろあるわ」

と晴美が言い出すと、片山はため息をついた。

「また始まった。おい、いい加減にこりないのか？　何度も死ぬ寸前まで行ってるくせに」

「あら、だっていいじゃないの、まだ生きてるんだから」

「僕がついている間は、決して晴美さんを危ない目にあわせたりしません」

と言ったのは、もちろん石津である。

「怪しいもんだ。晴美に二十四時間くっついてるわけじゃあるまいし」

「許可さえあれば一日二十五時間でもついています」

六日目に入っていた。

片山は、今日も捜査一課の面々と、地元署の刑事が屋敷に出入りしているので、その間に、簡単な用を片付けるために警視庁へ戻って来た。そこで晴美と石津にバッタリ出会ったのである。

そして——石津の提案で、当然昼食を一緒にということになった。払いはもちろん晴美の財布をあてにしている。

警視庁の食堂で、というのも色気がない、と三人は近くの静かなレストランに入った。

「昨日ね、メモを取ってみたの」

と晴美はバッグから手帳を取り出した。

「やれやれ……」

「何か?」

「いや、いいから、言ってみろよ」

「まず、一見今度の事件と直接関係のないことから」

と晴美は始めた。「新曲の楽譜はなぜ一部余計にあったのか。朝倉はそれをどこに置いているのか。それから、辻紀子の母親と朝倉の関係は」

「そりゃ分かってるじゃないか」

「でも、ただ愛人だというだけなのか、それとも、体の代償に何かを手に入れているのか、そこは問題よ」

「それはそうです」

石津は晴美の言うことなら、カレーライスの作り方にでも感動するだろう。

「それから、マリさんに切りつけようとした犯人は誰か？　手掛かりないんでしょ？」

「今のところはなしです」

「次に須田の死についてだわ。果たして、他殺か否か」

「心臓麻痺だぜ」

「でも、激しい恐怖を与えて殺すことはできるわ。須田はなぜ朝倉の屋敷にいたのか」

「あの何とかいうメイドを訪ねてったんだろう」

「メイドが嘘をついてるとも考えられるでしょう。それに、本当だったとしても、なぜ逃げずに屋敷に止まっていたのか」

「逃げる前にキュッといっちまったのかもしれないぜ」

「その可能性はあるわね。それから、死体がなぜ突然芝生の上にあったのか」

「そりゃやっぱり上から落ちて来たんだよ。それしか考えられない」

「地面から生えて来たってのはどうです？」

と石津が言った。

「つくしじゃあるまいし。――でも、落ちたとすれば位置がおかしいのよ。足場の真下なんだもの。落ちたのならもっと外側へ落ちるはずだわ」

「夜中には死んでたんだから、落ちてから動くはずもない、と……」

「それにその前に私は二階へ上がって、その足場を見てるのよ。死体はなかったし、上衣も絶対とは言い切れないけど、なかったと思うの」

「その前にもう芝生へ落ちてたんだろう」

「そんなことないわ。居間へ戻ったとき、芝生のほうが目に入るんだもの。死体があれば目についたはずよ」

「ウーン。分からないなあ」

「ウーン」

と石津も唸った。

「真似するな。——そして火事か」

「そう。あの火事は誰の仕業か。接着剤は引火性が強いけど、自然発火するほどじゃないでしょう」

「それじゃ至る所で火事が起こる」

「そうなると放火か……失火ね。あのメイドさんか、でなければ朝倉先生」

「でもなぜ？」

「何かを燃やすためだったのかもしれないわ。——楽譜とか」

「なるほど、警察が来て、見られちゃ困るというわけか。しかし、どこかへ隠せばそれで済むぜ。そうだろう？　あの大邸宅だもの」

「そうね。すると上衣かな？」

「上衣だって、隠すぐらい簡単だろう」

「そうよね。自分の服の間へ紛れ込ませればいいんだものね。でも実際には上衣は燃えたらしい。足場もね」

「火事のほうについても調べてはいるけど、放火という確証もないからな。何しろ家の中だ。――朝倉さんがうるさく言わないと、これきりになりそうだよ」

「須田って人の死も、ね」

「殺人とは思えないし、状況が不可解だというだけで捜査本部は作れないさ。それに須田という男についても一応調べたらしいけど、後ろめたいところはないようだった」

「朝倉先生もかなり頼りにしていたしね。でも、一つ引っかかって来るのが、例の盗聴装置。あれを仕掛けたのは、須田って人かもしれないわ」

「それはありうるな」

「マイク、見付かった？」

「ちょうど昨日、殺人現場が屋敷内かどうか調べるので、各部屋を回っただろう？　あのとき、隠しマイクがあるはずだからと言って、捜してもらったんだ」

「あったの？」

「いいや、なかった。つまり、もう取り外された後だったらしい」

「素早いわね」

「あのレコーダーは残ってるから、調べてみたけど、指紋は出ていないよ。あれを仕掛けた奴はかなり慎重だな」

「あのメンバーの一人かしら?」

「隠しマイクを仕掛けることはできなかったはずだからな。須田がそこで絡んでいるかもしれない」

「誰かが須田を買収して、あれを仕掛けさせ、こっそりテープを聞いては、利用していたというわけね。——アンフェアだわ」

「しかし、朝倉先生に言わせるとね、三日目ぐらいじゃ、誰もあの曲をそんなに弾きこなせやしない、って言うんだ。実力伯仲だからね。あの時点で発見されてるんだから、まず影響はないってさ」

「そうか。でも、誰がやったか分かれば、当然資格は失うでしょうね」

「それはそうだろうな。——もう終わりか?」

「とんでもない! これからが本番じゃないの」

と晴美は座り直した。「今度こそ殺人よ」

「喉がゴロゴロいってるぞ」

「からかわないでよ！——まず、殺された女は何者なのか？」

「今、身許を調べてる。持ち物や服や……。写真も新聞に出たしな。たぶん遠からず分かるだろう」

「本当に桜井マリの実の母なのか？」

「それは違うよ。調べてみたが、マリは本当に桜井夫婦の子供だ」

「よほど隠された事情でもなきゃ、間違いないわね。女はなぜそんな嘘をついたのか。自分ではそう信じ切っていたのか」

「信じ切っていたというのが正解らしいな」

「それなら、どうしてそう信じるようになったのか？　しかも、このコンクールへ、マリさんが参加すると決まった頃から現われるようになったのよ」

「誰かに吹き込まれたというわけか」

「マリさんの神経をかき乱すには最適でしょう。そして、桜井充子を水に突き落としたのも、その女かどうか。顔は見てないんでしょ。私があのホテルの前で見た感じでは、そんなふうに暴力で襲うという感じじゃなかったけど……」

「するとほかにも犯人が？　——おい、わざわざややこしくするなよ」

「その女が、なぜ殺されたのか」

「誰に、だ」

「そりゃもちろんだけど、なぜ、どこで殺されたのか、が問題よ。屋敷内の調査は終わったの？」

「ああ。あの中じゃないことは、はっきりした」

「でも片山さん」

と石津が口を挟んだ。「あの——何といいましたかね、ノイローゼになった奴」

「大久保君か」

「ええ。あれは手首を切ったんでしょ」

「そうだよ。浴室でやったんだ。もちろんそこからは血液反応が出た。でも殺された女とは血液型が違うんだ」

「そうですか」

「でも、石津さん、いい所突いてたわ。そこで殺せば、血痕があっても分からない」

「そう思ったんですが」

石津は残念そうに、「今の警察は科学的には進んでますねえ」

「刑事がそんなこと言ってちゃだめじゃないか」

と片山が笑った。

「さて、そうなると女はどこで、なぜ殺されたか。そしてなぜあの屋敷の中へ運ばれたのか」

「桜井マリへ容疑をかけるためかな」

「かもしれないわね。逮捕されなくても、関係者としてマークされれば、マリさんを神経的に参らせることはできるわ」

「それだけのために、人を殺すか？」

「不思議はないわよ。もっとささいなことで平気で人殺しをするわ」

「怖いですねえ」

と石津が言った。「人命尊重を訴えたいな」

「死体を外から運び入れるには、どこかから入らなきゃ。それは分かった？」

「ああ、広間のほうの窓が一つ、切り取られていた。巧妙だよ。ちょっと見た目には分からないくらいだ」

「窓から死体を入れるのは大変でしょうね」

と石津が言った。

「そうとは限らないよ。自分だけ入って、いったん玄関を開け、死体を運び込めばいいんだからな」

「あ、そうか」

「そしてストーブ……」

と晴美がつづける。

「四つのストーブだ。──あの暑さときたらたまらなかったよ」

「そんなことといいのよ。問題は、ストーブがあることを、犯人はなぜ知ってたのかってことだわ」

「そうか。──すると、やはり中の誰かが共犯なんだな」

「知り得る立場の人間はほかにもいるわ」

「誰だい?」

「須田よ」

「なるほど。それも須田の手引きかもしれないってわけだ」

「そしてストーブを四つも使って、死体を暖めたのはなぜか」

「そりゃ、死亡推定時間を──」

「分かってるけど、それじゃ面白くないじゃないの。ほかに何かない?」

「おい、これは小説や映画じゃないんだぜ」

「じゃいいわ、そうだとして、あの何とかいう料理人の女の人──」

「市村智子だよ」

「あ、そうか。あの人が早く起き出して来たので、犯人がストーブを片付けられなかったというわけね。でも、考えてみてよ。推定時間を狂わすには、それ相当の理由があるはずよ」

「普通はアリバイ工作だろうな」

「そうでしょう？　でもその時間にどこにいて何をしてたかはっきりしてるような関係者がいて？」

「ふむ。――つまり実際の死亡時刻が二時頃として、犯人はそれが十二時とか一時だと思わせたかった。ということは、その時間の自分にアリバイがあるからだ」

「ということは、女の身許が分かった場合、自分が疑われることを予期しているんだわ」

「こいつは巧いぞ。なまじ妙な小細工をして却って尻尾を出したんだ。女の身許が割り出せれば、容疑者が出る。そいつに、死亡推定時刻を十二時か一時だと言ってやる。そうすれば、きっと得意になってアリバイを出してくるぞ」

「それはどうかしら。ストーブが見付かっちゃってるんだもの。そんなことは気が付いてると思うわ」

「そうか、畜生！」

「ええとほかには……そうだ、例の百科事典の問題ね」

「順序がめちゃめちゃになってたんだ。あれが分からない」

「関係ないかもしれないけど、一応心にとめといたほうがよさそうね」

「あの連中が、百科事典使うことはなさそうだしな」

「それに、使うにしたって、百科事典っていうのは一冊取って調べ、それを元に戻してまた別のを使うっていうのが普通よ。順序が変わることはないわ」

「すると、全部おろして、何かに使ったのかな？」

「ほかの本は動いてなかった？」

「分からないよ。ほかの本なんて、この前の地震のときにめちゃくちゃになって、それをまた適当に戻しといたからな。変わってても分からない」

「そうね。でも、本を何に使える？」

石津がすかさず言った。

「枕の代わりになります！」

「あんな百科事典をか？　痛くて寝られないよ。利用するとしたら、重さかな」

「重さね……」

と晴美が肯く。「何かありそうね」

三人は、しばし沈黙した。片山が、大きく息をついて、

「さて、またあそこへ戻らなきゃ。――明日で終わりだからな。無事に済んでほしいよ」

「他に問題はない？」

晴美は手帳を見返しながら、言った。

「それだけありゃ充分だろう」

と片山は苦笑いした。それから、ふと気が付いた様子で、

「お前、捜査一課へ何の用で行ってたんだ？」

「須田の件よ。決まってるじゃないの」

「石津、お前は何しに行ったんだ?」

「須田の件ですよ。決まってるじゃありませんか」

「こいつ!」

片山は笑い出してしまった。「——じゃ、もう一度捜査一課へ顔を出して行くよ。検死解剖の結果が出てるかもしれない」

「私も行く!」

当然、予期すべきことであった。

「僕も行きます」

「勝手にしろ」

と片山は言った。


「大して変わったことはないな」

と栗原は言った。南田は肩をすくめて、

「サービスにピストルの弾丸でも撃ち込んどいてやろうか」

と言った。

「ありがたいな。——ナイフには指紋なしか。死体に変わったところはないのか?」

「謎の刺青《いれずみ》も、後ろに目もなかったよ」

どこまで真面目でどこから不真面目なのか、よく分からない。

そばで聞いていた片山が、

「あ、そうだ。死体のそばの粉は分かりましたか？」

「まだ分からん」

と南田は首を振った。「何しろ分量が少ないからな。しかし、ヘロインや麻薬の類《たぐい》でないことは確かだ。薬品じゃないよ、あれは」

「じゃ、何でしょうね」

「分かったら教えてやるよ」

南田は大欠伸をしながら出て行った。

「ああ、そうだ」

と栗原が言った。「さっき妹さんが来とったぞ」

「ええ、廊下にいます」

「そいつはよかった。今、朝倉先生から電話があってな」

「何です？」

片山は少し仏頂面になった。何しろ朝倉の女性関係の派手なことはよく知っているのだ。

「妹さんに用があるそうだ。来てほしいと言っとる」

「晴美にですか？」

「ああ。自宅でなく、〈新東京フィル〉の事務局にいるそうだ」

「分かりました。そう伝えます」

「あっちへ戻るのか」

「そのつもりですが」

「後一日だ。何もないといいがな」

こういう栗原の言葉はあまりあてにならない。

「充分警戒しています」

「頼むぞ。——そうだ。それから、お前も妹さんと一緒に行って、朝倉先生に、捜査の状況を説明してくれんか」

「分かりました」

「大体のところでいい。頼むぞ」

片山は廊下へ出ると、晴美に用を伝えた。

「じゃ、早速出かけましょう」

「あの朝倉はプレイボーイですよ」

石津が面白くなさそうに言った。

「ご心配なく。私は大丈夫よ。石津さん、もう署へ戻ったほうがいいんじゃない？」

石津は渋々肯いて、「気を付けてくださいね」

「分かってるわ」

「あの男とは、最低百メートルは離れて――」

「話ができないじゃないの」

と、晴美は笑った。

〈新東京フィルハーモニック〉と書かれたドアを押して、中へ入ると、ちょうど事務員の道原和代が大欠伸の最中だった。

「あら、すみません」

別に顔を赤らめるでもなく、平気な顔で、二人を見て、「何のご用でしょう?」

と訊いた。

「朝倉先生に――」

と片山が名乗ると、すぐに奥のドアが開いて、朝倉が姿を見せた。

「やあ、お二人で。どうぞ入ってください」

と笑顔で言った。

机の上は、書類で一杯だった。

「いや、参りますよ。こういうことはさっぱり分からない」

朝倉はお手上げという顔で、「どんな難曲を振るより難しいですな」

と言った。

片山は捜査の状況を説明した。しかし、実際のところ、あまり話すことはなかった。

さっき晴美が並べたとおり、謎は沢山あるが、ほとんど解決はついていない。

「――こんなところでして。今日中には新しいことが分かると思います」

「ご苦労様。後一日だ。よろしく頼みますよ」

「はい」

「ところで――」

と言いかけたとき、道原和代がお茶を運んで来たので、朝倉は口をつぐんだ。お茶を配って出て行くと、

「実は妹さんにお願いがある」

と言った。

「私でお役に立つことなら」

朝倉は机の大きな引出しに入れた鞄を出して、中から分厚い本を取り出した。

「これを預かってもらいたい」

「これは――」

晴美は本のページをめくった。――楽譜である。予感で晴美の頬は紅潮していた。

「これは、今回のコンクールのための新曲の楽譜なんだ」

と朝倉は言った。

「これはしかし、七冊しか作らなかったんじゃないんですか？」

「大久保さんの楽譜ですか」

と晴美が訊いた。

「いや、彼の分は処分したのでね。これはもう一部なのです」

「つまり八部あったんですね？」

「それがおかしいのだ。私は印刷は七部と決めて、注文しておいた。その印刷所はもちろん極秘だ。ところが、そこへ後から八部にしてくれという電話が入ったというんだ」

「誰だったんでしょう？」

「分からない。男の声で、私と名乗ったというんだが……」

「じゃ、もしかして――」

「須田かもしれない。その印刷所を知っていたのだから。しかし、今はともかく、この一部を盗まれたりしないことが問題だ」

「いっそ処分されたらどうです？」

「それも考えた。しかしね、刷った時点ではまだこんなにいろいろな事件が起ころうとは思わなかった。――こうして殺人事件まで起こってしまうと、後一日とはいえ、この先何があるか分からない。楽譜が損傷を受けたり、なくなったりということも考えられる。その場合に、やはり一部は必要だと思い直したんだよ」

「なるほど。予備に、というわけですね」

「そのとおり。これが私の家では、目立つし、狙われる恐れもある。ここは夜は空っぽになるし、私も家にいないことが多いのでね。ここは一つ、力を借りたいと思って」

「喜んでお預かりしますわ」

と晴美は言った。

「お願いします。――さて、私はこれから成田へスタンウィッツを迎えに行かねばならん」

「今日来日なさるんですか？　楽しみだわ」

「あなた方を本選の日にはご招待しますからな。ぜひ、来ていただきたい」

「喜んで！」

二人は朝倉と一緒に、局長室を出た。

誰やら若い娘が、道原和代と押し問答をしている。

「そうおっしゃられても困っちゃうんですけど――」

道原和代はうんざりした様子で言った。

「どうしたんだね。道原さん」

と朝倉が声をかける。

「あ、先生。この人が——」

「私、浜尾由利子《はまおゆりこ》といいます」

その娘は、朝倉のほうへ向いて言った。十八、九の、大学生らしい服装をしている。

「何の用ですか？」

「母を捜しているんです」

朝倉はちょっと当惑顔で、

「ここは警察じゃありませんよ。まあ、ここに刑事さんはいらっしゃるが」

「そんなことじゃないんです」

娘の口調は、かなり切羽詰まったものがあった。「母は、こちらの、コンクールのための料理人募集に応募して来たはずなんです」

「ほう。しかし、実際にやっているのは、市村という人だが」

「でも、ここへ来ると言ったんです」

「あの——」

と道原和代が口を挾んで、「その人なら、確かに来たんです」

「それで？」

「一度は須田さんがその方に決めたんですけど、次の日に、ご本人から、辞退したいってお電話があったんですよ」

「本当ですか？」

と、浜尾由利子という娘は訊き返した。

「ええ。それで、後から来た市村さんって方に決まったんですもの」

「変だわ、あんなに張り切っていたのに」

片山が前へ出て、

「ちょっと失礼。――警察の者なんだけど、お母さんは行方不明になってるの？」

と訊いた。

「そうなんです」

と肯く。「私は大学が遠いので、寄宿舎にいるんです。母は一人暮らしで――父が早く死んだものですから――時間はあるし、自分も音楽好きなので、ぜひあれに応募するんだと張り切っていたんです」

「なるほど」

「昨日家へ帰ってみると、母がいません。もしかしたら、コンクールのほうへ行ったのかしら、と思いました。でも、それにしては、私のほうへ一言も連絡して来ないのは妙です。一人暮らしですから、どこかへ遠出するときは必ず連絡して来ます」

「旅行とかそういう――」

「部屋の中の様子を見たら、そうでないことは分かります。出かけて、その日のうちに帰るつもりだったんですわ。茶碗などが水につけたままでしたし、ボストンバッグなんかも残っています。近所の人に訊いてみたんですが、一週間以上、母の姿を見ていないというんです。それで心配になって——」

「ここへ来たというわけだね」

「はい」

「しかし、ここの仕事は断わっているんだから……。すると、どこかで事故にあったという可能性もあるね」

「お兄さん」

と晴美が言った。「問い合わせてあげたら?」

「そうだな。じゃ、ちょっと待って」

「すみません」

と、浜尾由利子は頭を下げた。

朝倉が行ってしまうと、片山は事務局の電話を借りることにして、

「お母さんの名前は?」

「浜尾恭子《きょうこ》です」

「年格好と、それに服装は分かるかな」

「たぶん……グレーのスーツだと思うんですけど。ちょっとした所へ行くときは大抵それですし、洋服ダンスにありませんでしたから」

「何かこう……特徴はある？　手術の跡とか、火傷の跡とか？」

「いいえ」

と言いながら、浜尾由利子は泣き出してしまった。晴美が急いで肩を抱いて、

「大丈夫よ、きっとけがで入院してるのよ。手紙が書けないのかもしれないわ。心配することないわ」

「すみません」

娘はすすり上げた。

晴美が片山をにらんだ。訊き方にもっと気を遣え！　というわけだろう。

片山は咳払いをすると、

「お母さんは何をやってる人なの？」

と訊いた。「働いてるのかい？」

「ついこの間まで、ある政治家のお宅で料理番をやっていました。料理が得意で、それで応募する気になったんです」

「なるほどね」

——片山はふと、どこかで〈料理番〉という言葉を聞いたような気がした。どこだったろ

う？

それも、あまりそれに似つかわしくない場所で、だ。どこで、誰が言ったのか……。

「お兄さん、何をぼんやりしてるの？」

と晴美が苛々しながら言った。「早く電話してあげなさいよ」

「う、うん、分かってるよ」

片山は急いで受話器を取ったが、あわてたせいで、手が滑って、受話器を取り落とした。

ガチン、と派手な音を立てたが、壊れずに済んだ。

「壊したら弁償してくださいね」

と、道原和代が片山をにらんだ。

「失礼、手が滑って――」

片山はそう言って、息を呑んだ。「そうだ！　あの手を……」

南田が言った。あれは料理人の手だ、と……。

「どうしたの、お兄さん？」

晴美が心配そうに、「どうかしたの？」

と訊いた。

片山は、浜尾由利子のほうを振り向いた。

「一緒に来てくれ」

何十分後かに訪れる光景を考えると、片山のデリケートな胸は痛んだ……。

2

「確認したのか?」

と根本刑事が言った。

「青くなって、卒倒しそうになりました」

と片山は言った。

「無理もないな、あの潰《つぶ》れた顔を見せられちゃ」

「体つきや、手の感じは似ていると言うんですが、何しろ変色しちゃってるし、はっきりしませんからね。歯医者にかかっていたというので、今、確認を頼んでいます」

——晴美に抱きかかえられるようにして、浜尾由利子が出て来た。続いて入って来たのが歯医者らしい。さすがに青い顔をしていた。

「どうでした、先生?」

と片山が訊いた。

「あれは確かに浜尾恭子さんです」

「間違いありませんね」

歯科医は、まだ青ざめた顔に弱々しい微笑を浮かべて、

「歯医者は患者の顔は忘れても歯は覚えているもんですよ。それにあの人はこのところしばらく通って来ていましたからね。確かに本人です」

浜尾由利子が椅子へ崩れるように座って泣き伏した。――やり切れない重苦しさが部屋の中に広がって、しばらくは誰も口をきかなかった。

根本刑事が苦虫をかみ潰したような顔で、泣き続けている浜尾由利子のほうへ歩み寄って行った。

「気の毒だったねえ」

と一言声をかけると、「お母さんの名前は、浜尾恭子さんだね?」

「はい……ひどいわ、あんな……」

「年齢は?――住所、出身地は?」

わざとデータ的なことを訊いて、相手を立ち直らせているのだ。

「――もう大丈夫です。すみません」

浜尾由利子は気丈なところを見せて言った。

「お母さんは誰かに恨まれてるということはあったかい?」

「ないと思います。太っ腹で、面倒見がよくて、誰にも好かれる人でした」

そう言ってから、浜尾由利子は、少し間を置いて付け加えた。「――もちろん、私も母の

生活を総て知っていたわけじゃありません。喧嘩することもあったし。でも、あんな……あんなふうに殺されるほど恨まれるなんて、考えられません」

「よく分かった。——誰か連絡する人はいるかね？」

「叔父が、名古屋に……」

「よし、こっちへおいで。電話するんだ」

片山と晴美は、根本に支えられるようにして浜尾由利子が出て行くと、顔を見合わせた。

「あの人の手に、インクの文字が写ってた。——あれは〈スタンウィッツ〉のことだったんだ」

「ねえ、どうかしら？」

「うん？　この殺人か？」

「ただの物盗りなら、顔を潰したりはしないでしょう」

「身許を知られたくなかったんだな」

「どうしてかしら？」

片山は考え込んだ。——これは、今度のコンクールをめぐる事件の一つなのだろうか？

もしそうだとすれば……。

「同じことを考えてるらしいわね」

と晴美が言った。「あの人が殺されたのは、コンクールの料理人になったせいだとしたら

「……」

「それはただの推測だぜ」

「推理するだけならタダでしょ。もしそうだとすると、怪しいのは……」

「実際に料理人になった人だ。——市村智子」

片山は首を振った。「まさか！」

「分からないわよ。その人に、隠しマイクが仕掛けられたかしら？」

「調べてみよう。それに彼女自身のことも、調査させよう」

片山は疲れたように言った。「やれやれ、だんだん事件が大きくなって来るなあ」

「それだけ解決に近付いてるのよ」

「だといいがね」

片山は自信なげに言った。「しかし、もしそうだとすると、須田は隠しマイクの件には関係ないことになるな」

「あら、どうして？」

「もし須田が市村智子に買収されたとしても、別に浜尾恭子を殺す必要はない。ただ、都合で不採用になったとそう言えばいいんだからな」

「そうか。何だか分かんなくなって来たわね」

「それはこっちのセリフだよ」

と片山は言った。

屋敷の玄関を入ると、広間のほうから弦楽の音が聞こえて来た。片山がそっちへ行きかけると、

「片山さんですね」

と声がして、地元署の刑事が書斎のほうからやって来る。「待ってましたよ。これで交替して帰れる」

「ご苦労さん。何か変わったことは?」

「別にありません」

「じゃ、後は僕が引き受けるから」

「よろしくお願いします」

えらく律儀な刑事である。その刑事を送り出して、玄関の鍵をかけると、片山は、音楽の聞こえて来る広間へ入って行った。

弦楽二重奏が、ちょうど豊かな和音で終わったところだった。弾いているのは男性二人——古田と丸山だった。聞き手は四人の女性たちだ。拍手が起こった。こいつはどういう風の吹き回しだ?

「あら、片山さん」

桜井マリが気付いて、立ち上がった。

「楽しそうだね」

演奏を終わった古田が、

「男ばかりがこき使われましてね」

と言った。

「四人の美女の聴衆を前に演奏するんだから、固くなりますよ」

と丸山が柄にもないことを言うと、女性たちがキャッと笑った。続いて、ニャーオと声が上がる。

「何だ、ホームズも聞いてたのか」

「四人の美女じゃない、五人だって抗議してるのよ、きっと」

と、辻紀子が言った。

「ああ、緊張したらお腹が空いた」

と、丸山が言った。「夕食までまだ三十分もあるのか」

「羨《うらや》ましいわ」

と、長谷和美が言い出す。「私なんか食欲がなくって……」

「よく言うわね」

と辻紀子がからかった。「さっきのクッキー、半分以上一人で食べちゃったくせに」

しかし、この場の雰囲気が割り合いに穏やかで、辻紀子の言い方にもあまり毒がないせいか、長谷和美のほうも、そう突っかかって行かず、

「フン、だ」

と、ふざけ半分に鼻を鳴らしたに止まっている。本選まで、後一日しかないというのに、何となくみんな今までになくのんびりしたムードなのは、充分な練習で自信ができたせいだろうか。それとも、たかまる緊張の裏返しにすぎないのか。

「あなたが帰って来てホッとしたわ」

桜井マリが片山の隣りに座って言った。「母は大丈夫かしら」

「心配ないよ。コンクールのことばっかり気にしてたと栗原課長が言ってた」

「母はそういう人なのよ」

マリは、ちょっと寂しそうに微笑んだ。「私、時々思うの。もし私が事故にでもあったりして、ヴァイオリンが弾けなくなったら、母はもう私のこと全然愛してくれないんじゃないか、って」

「まさか」

「ええ、たぶんそんなことはないと思うわ。でも、それぐらい母の執念は凄いの。ヴァイオリンを弾くときには、母が私に乗り移ってるんじゃないかと思うことがあるわ」

「オカルト物じゃあるまいし。――でも、君だって、ヴァイオリンは好きなんだろう?」

「ええ。でも、このコンクールが終わったらどうなるか、自分でも分からないの。一人になりたいわ。それとも、恋人と二人……」

マリのうるんだ目が見つめる。片山はあわてて立ち上がると、

「ちょっと電話をかけて来なくちゃ」

と、広間を出た。階段を上りかけると、市村智子が食堂から出て来た。

「あ、刑事さん。夕食にしますので」

「――分かりました。ちょっと電話をかけますから、先に始めていてください」

「かしこまりました」

片山は、もしかしたら、この女が殺人犯なのかもしれないのだ、と思った。広間のほうへ行きかけた市村智子は、足を止めると、

「あの――刑事さん」

と声をかけて来た。

「何でしょう?」

「犯人は捕まりそうですの?」

「そうですね……。すぐ、とはいかないかもしれませんが、必ず逮捕しますよ」

「お願いしますわ。みなさん、ああやって楽しそうにしてらっしゃるけど、本当はピリピリしているんです。できることなら、安心してコンクールへ出られるようにしてあげたいです

もの」

「全力でやってますよ」

「ええ、すみません、余計な口出しをして。それから……」

「まだ何か？」

「果物ナイフは出て来ませんか？」

「見当たらないようですね。何しろこの広さだし……」

「そうですか。何だか気になって。――大久保さんが、手首を剃刀で切ったりしたでしょう」

「果物ナイフを、誰かが自殺用に盗んだとでも？」

「いいえ。ただ……落ち着かないだけなんです」

「失くなったのは、あなたの責任ではありませんよ。そう気に病まなくても」

「そうおっしゃっていただくと……。失礼しました、お引き止めして」

市村智子が広間へ姿を消すと、片山は二階へ上がった。――どういうつもりで、ああいろいろと話しかけて来たのかな？

いったん怪しいとなると、何もかもが怪しく見えて来てしまう。こういうことじゃいかんなあ。

電話をかけるというのは、マリから逃げ出す口実ではあったのだが、実際、そろそろ何か分かったのではないか、という気もしていたのである。

「——片山か」

栗原の声は楽しげだった。「ちょうど今電話しようと思ってたところだ」

「何か分かりましたか？」

「殺された女の身許が分かったぞ」

栗原がメモを捜すガサゴソいう音がして、「名前は小畑《おばた》夕エ子。四年前に一人娘を死なせている。それ以来ノイローゼで入院、退院のくり返しだ。亭主もずっと早くに亡くしていて、身寄りってものが、ほとんどないんだ」

「で、確認は？」

「遠縁の女が、新聞の写真を見て、届けて来た。本人だと確認もした。どうも、自分の娘と同じ年代の娘を、すぐ自分の娘と思い込むくせがあったらしい」

「ということは、思い込ませるのも楽だった、というわけですね」

「そういうことになるな」

「それが誰か、分かりそうですか？」

「難しいな。小畑夕エ子はアパートに一人暮らしだった。日常生活には、別に差し支えることはなかったんだ。その届けて来た女も、ここ一年以上会ったことがないというんだから、近所付き合いも皆無に等しい。ただ、ここ三カ月ほどは、ずいぶん元気になり、会えば挨拶て来ていない」

「今調べてはいるが、難しそうだ。相手は頭がいい。近所の人間の目に付くような所へは出
「それが誰なのか分からないと――」

「誰かが、桜井マリを娘だと吹き込んだ。それで生活に張りが出たんだろうな」

「三カ月ですか。やっぱり桜井マリがコンクールへ参加すると決めた頃ですね」

する程度には近所とも口をきいたそうだ」


「そうですか」

これは当て外れだ。もっと誰か関係者が浮かんで来ると思ったのだが、まるでそんなこと
はないようだ。――しかし、そうなると、あのストーブで死体を暖めたのは何のためだ?

大体、アリバイを問題にするほどの容疑者がいないではないか。あのストーブが、死亡推
定時間を狂わせるためのものではないとしたら、一体何のためなのか?

「ああ、それから、市村智子という女のことだが、まだちょっと調べがつかん。明日には何
か出るだろう。連絡する」

「分かりました」

「そっちはどうだ?」

「異状ありません――今のところは」

と、片山は言った。

夕食の席は和やかだった。

特に、丸山が意外な話術の才を見せて、田舎のことを話して聞かせるのが、女性たちを喜ばせた。

食後、広間で休んでいるとき――といっても、休んでいたのはマリと片山の二人だけで、他の面々は、さっさと練習に部屋へ戻っていた――マリが膝の上にホームズをのせて、目の間を撫でてやりながら、言った。

「何か分かったのかしら、あの女の人のこと?」

「ああ、夕食の席じゃ言いにくかったんで黙ってたけどね……」

片山が、小畑タエ子のことを説明すると、マリはゆっくり肯いた。何となく哀しげな様子だった。

「だから、あの女は君とは全く関係ない人間なんだ。誰かが君のことを娘だと信じ込ませた……」

「本人はそう信じていたわけね。――気の毒だわ」

マリは、ふっと息を吐いた。「そんなむごいことをしたのは、誰なのかしら」

「必ず捕まえてやるよ」

片山がこういう約束をするのは珍しい。ホームズが冷やかすような目で片山を見た。

「犯人の目的は何なのかしら?」

「さてね……」

「私の腕に切りつけようとした犯人と同じかしら?——そうだとしたら、私をコンクールから落とすために、人を殺したの?」

「そうとは限らないよ」

「それなら私を殺せばいいんだわ。他の人を殺すなんて——卑怯よ!」

「そう思い詰めちゃいけないよ」

　と片山は言った。ホームズが、マリの手をペロペロとなめた。

「まあ、優しいのね。——猫の舌ってザラザラしてるのね、くすぐったい」

　とマリはちょっと笑った。

「そいつは人間並みの感受性の持ち主だからね」

　ホームズが怒ったように、ニャン、と片山をにらんだ。「ごめんごめん、〈人間以上〉と訂正するよ」

　マリが笑い出した。

「面白いコンビねえ。——よかったわ、あなた方がいてくれて。そうでなかったら、私も大久保さんみたいになってたかもしれない」

　と言って、「——大久保さん、どうなのかしら?」

「別に命にかかわるほどのことじゃなさそうだよ。ちょっと電話で聞いたけど、コンクールから脱けたら、本人も急に明るくなったんだとか」

「よかったわ！——でも、人の心に安らぎを与える音楽が、人をノイローゼにするんだから、皮肉ね。大久保さんだけが、私たちの中で、まともだったのかもしれないわ」

「じゃ、君は？」

「やっぱり少しおかしいのよ。一日中楽譜とにらめっこしていられるんですもの」

「それを言えば、刑事だっていつも死体やら殺人犯と顔つき合わせてるんだ。気狂いの一人だよ」

マリは微笑んだ。

「本当にね……この一日、二日、ノイローゼになりかかってたのよ。新曲の解釈が行き詰まっちゃって。どう弾いていいのか、全然分からないの。楽譜をめちゃくちゃに破きたくなったわ」

「ふーん」

片山としては、音譜どおりに弾けばいいものだと思っているので、それ以上の〈解釈〉などというものは、全く理解の外である。

「でも、今朝になってね、すーっと霧が晴れるように、曲の構造が見えて来たの。——あのときの嬉しさ、胸の詰まるような幸福感っていうのかしら……」

我々凡人には縁がなさそうだ、と片山は思った。

「もう大丈夫だわ。優勝できるかどうかは分からないけど、力一杯やれる。悔いのないところまで力を出し切ってね」

「本選のときは僕も聞きに行くよ」

「ええ、ぜひね」

「君のときだけは起きてるようにするから」

「まあ、ひどい――」

マリが笑った。その屈託のない笑顔に、片山はホッとした……。


片山がいびきをかきながら眠っている。

いつも晴美に、いびきがうるさいと文句を言われているが、本人は、

「俺はいびきなんか、かかない！」

と言い張っているのである。

片山の足もとで丸くなっていたホームズが、うるさいなあ、という顔で目を開けた。もう一度丸くなって目を閉じたとき、微《かす》かな音がホームズの耳を捉《とら》えた。耳がピンと立って、ふっと頭を上げる。

ホームズは、片山の顔のところへ行くと、爪を出さずに、前肢で、チョイチョイと頰をつ

ついた。

「ウーン」

と唸《うな》ったものの、一向に起き出す気配はない。ホームズは片山の耳もとで、ギャーッと大声を出した。

「ワッ！　何だ！」

片山が飛び起きた。「——ホームズか。びっくりさせるなよ！」

ホームズはドアのほうへ行って鳴いている。

「何かあったのか？——よし、待ってろ」

大欠伸をしながら、片山はガウンをはおった。ドアを開けて表を覗く。今夜は抱き合う男女の姿は見えなかった。

ホームズがトットと階段を素早く駆け降りて行く。片山もあわててそれを追った。

「下で何か聞こえたのか？」

ホームズが、食堂のドアの前に立ち止まった。「——食堂に？」

食堂の中は明かりが点いていた。だが人の姿はない。ホームズが奥の調理場のドアへと急ぐ。ドアが細く開いていた。

誰かがつまみ食いにでも来てるんじゃないか？　片山は、そっとドアを開けた。

「やあ、刑事さん」

調理場のテーブルでミルクを飲んでいた古田が片山を見て微笑んだ。「夜中に練習してると腹が減ってね。刑事さんも?」

「いや……。何だか物音らしいものを聞いたんでね」

「ああ、すみません。入って来たときにね、ちょっと暗かったもんで、明かりのスイッチを捜してて、鍋を落っことしちゃったんです。その音でしょう」

「そうか。それならいいけど」

片山は、ホッとして言った。「後一日だからな。何とか無事に終わってほしいよ」

「全くですね。ああ、刑事さんも何か飲みますか?」

「いや、結構。帰って寝るから——」

そのとき、突然、奥のドアが開いた。市村智子の部屋である。

よろけるように出て来たのは、辻紀子だった。ネグリジェ姿である。

「——君! どうしたんだ?」

古田が啞然とした。——ホームズが素早く市村智子の部屋へ飛び込んで行く。

「市村さんが……市村さんが……」

辻紀子が喘ぐように言った。青ざめて、震えている。片山は市村智子の部屋へ入った。ベッドは乱れているが、誰もいない。ホームズの声がした。

バスルームのドアが細く開いている。

「そこか?」

片山はそっとバスルームのドアを開けた。――市村智子が、浴槽に体をねじ込むようにして倒れていた。バスタオルが、半ば裸身を包んでいたが、胸の間から、血が溢れ出て、浴槽の中にたまっている。ナイフが浴槽の外に落ちていた。果物ナイフだ。

片山は青くなって後ずさった。

「おい……ホームズ、電話して来てくれ!」

血を見ると貧血を起こすという厄介な性分である。ホームズが、しっかりしろ、とでも言うように、ギャーッと声を荒げた。

「わ、分かったよ。それじゃ、お前、ここで見張ってろよ。誰も入れるんじゃないぞ」

片山は市村智子の部屋を出た。

――意外な光景があった。辻紀子が、真っ青になって、古田にしがみつくようにしているのだ。さすがに、こうなると、好きだの嫌いだのとは言っていられないらしい。

「刑事さん……」

「市村さんが殺されている。君たち、部屋へ戻るか、でなければ、広間にいたほうがいい」

「分かりました」

古田は肯いて、辻紀子の肩を抱くようにして、出て行った。片山はあわてて台所で水を一杯、ぐいと飲んだ。それから電話をかけに、二階の部屋へと急いだ。

何てことだ！　せっかく後一日だってところまで来たのに。

部屋のドアを開けて、片山は目を丸くした。長谷和美が、ネグリジェ姿で、ベッドに腰をかけ、電話をしている。

「ウン、大丈夫よ。ママの声聞いたら気が休まったわ。——ウン、頑張るわ。じゃあ、この部屋のコワーイ刑事さんが帰って来たから。——おやすみなさい」

「——どうやって入った？」

と片山は訊いた。

「あら、鍵が開いてたもの」

そう言えばそうだ。飛び出して行ったので、いちいち鍵などかけていられない。

「お電話を借りようと思って、頼みに来たの。そしたら、鍵開いてるし、誰もいないし、ちょうどいいやと思って。——どこに行ってたの？　マリさんのところ？」

「冗談じゃないよ！」

「どうもお邪魔しました」

「電話は禁じられてるんだよ！」

「あら、言いつけるつもり？　そしたら、私、このネグリジェ引き裂いて、あなたに乱暴されたって——」

「分かった、分かった。ともかく部屋へ戻れ！」

と片山はわめいた。

「はいはい。おやすみなさーい」

おやすみどころじゃなくなるんだぞ、と片山は受話器を取りながら思った……。

3

夜が明けていた。

冷たい雨で、底冷えのするような日だ。

市村智子が死んでしまったので、朝食の作り手がいない。およそ食事をする雰囲気ではなかったが、それでも何も食べさせないわけにもいかないので、片山は栗原の許可を得て、晴美へ電話した。朝早く叩き起こされてブツブツ言っていた晴美も、事件のことを聞くと急に目が覚めたようで、わずか一時間ですっ飛んで来た。

「——ああ、寒い。お兄さん、大丈夫？　引っくり返らなかった？」

「ほかに誰もいないんじゃ、引っくり返れないだろ。——悪いけど朝食を何か作ってやってくれよ。食堂はガタガタしてるから、広間のほうで食べるように」

「ＯＫ。任せといて」

とホールでコートを脱いでいると、二階からマリが降りて来た。疲れたような顔をしている。

「晴美さん。――嬉しいわ、来てくださって。私、もう参っちゃいそう」

「しっかりして！　本選は明日よ」

「私、できないわ、とっても……」

「元気出して！　――ねえ、調理場は使えるの？」

「うん。課長にも言ってある」

「そう。ね、マリさん、あなたも手伝ってよ、朝食作るから」

「ええ。でも……」

とマリは困ったように、「私、何もできないの。母が、手を切ったりやけどしちゃいけない、って、やらせてくれなかったから」

「何も？」

「ゆで卵と目玉焼きぐらい」

「トーストも焼けるでしょ、バターも塗れるし。それなら大丈夫よ」

「そうかしら」

マリが笑顔になった。

「そうだよ。晴美だって似たようなもんだ」

と片山が言った。晴美が靴で片山の足をぐいと踏んづけた。

「イテテ……」

「行きましょ、マリさん」

晴美はマリを促して、食堂のほうへ姿を消した。——根本刑事がやって来る。

「おい、片山、いつからフラミンゴになったんだ?」

「い、いえ、別に……。どうです、現場のほうは?」

「今、南田のおやじさんが視《み》てるよ。朝が早いと不平たらたらだ。——これでコンクールなんて開けるのか?」

「それは気になってるんですが……。朝倉先生には連絡が行ったんでしょうか?」

「課長がさっき電話してたようだったぞ」

「そうですか」

「犯人が参加者の中から出るようだと、ちょいとまずいぜ。世論ってものがあるからな」

「それより、みんなの神経がね……」

と片山は言った。「もう明日だっていうのに」

二人が食堂へ入って行くと、南田と栗原が調理場のほうからやって来た。南田はサンドイッチをパクついている。

「朝食持参ですか」

と根本が言った。

「今、そこで作ってるのをもらったんだ」

と南田が言うと、栗原が呆れ顔で、

「死体を見たばかりで、よく食べられるな」

と言った。

「そんなことで食欲なくしてちゃ、この商売してる奴は全員栄養失調で死んでしまうよ」

「どうだい、お見立ては？」

「ナイフで刺し殺されたように見えるが――」

「違うのか」

「いや、ナイフで刺し殺されたんだ」

栗原がかみつきそうな顔をした。南田は平気なもので、

「別に変わったところはないよ。お前さんが死体を見付けたのは何時だ？」

「一時頃ですね」

と片山は言った。

「殺されたのはその三十分前といったところかな。胸の一突き。ほとんど即死だろう」

「返り血を浴びたかな」

「そう派手には飛んでいなかったな。手についたぐらいだろう」

「指紋は出ましたか」

と根本が訊いた。

「ナイフからは出とらん。あれが失くなった果物ナイフか？」

「そうだと思いますが……。僕も、失くなる前の実物は見ていないものですから」

「誰かが隠してたんだな。しかし、全く厄介な事件だ。今度ばかりは内部の犯行だぞ。ドアも鍵がかかっていたんだしな」

「するとコンクールは中止ですか」

「後で朝倉先生がこっちへみえることになっている。よく話してみるよ」

「難しいところですねえ」

「そうだ」

と根本が言った。「お前が犯人ならいいんじゃないか。ちゃんとコンクールも開けるぞ」

「根本さん！」

片山は根本をにらんだ。そこへ、

「お兄さん」

と晴美が調理場から出て来た。

「どうした？」

「これ――」

晴美が手にしているのは、果物ナイフだった。

「凶器と似てるな。どこにあった？」

「乾燥器。食器を乾かすやつよ。その水切りの隙間《すきま》から落ちちゃったのね、きっと。底にたまった水を捨てようとしたら、出て来たの」

「すると、市村智子が、失くなったと騒いでたのはこれだったのか。地震の震動でガタガタしてるうちに落ちたんだ。それじゃ、これは盗まれたわけじゃなかったのか」

「そうなると、凶器のほうは、もう一本の果物ナイフってことになるな」

と、栗原が言った。

「でも、ここには一本しかなかったんです」

と言ったのは、ドアの所に立っていたマリだった。

「どうして知ってるんだね？」

栗原が振り向いて訊いた。

「昨日、コーヒーをもらいに調理場へ来ると、あの人が——市村さんが、大きな包丁でリンゴの皮をむいてるんです。『果物ナイフがないから、不便で仕方ない』とこぼしていましたわ」

「言ってくれれば買って来たのに」

年中晴美に買い物を言いつかっている片山が言った。

「頼んではあるけど、どうせもう二日しかないんだから、いい、と言ってました」

南田が欠伸をして、

「後はよろしくやってくれ。俺は帰って寝るぞ」

と出て行った。

晴美とマリが作ったサンドイッチをつまみながら、広間に集まった面々は、重苦しい表情だった。

「――分からないわ」

とマリが言った。「どうして市村さんが殺されるの？」

「その理由はね」

と、広間へ入って来た栗原が言った。「あの女は、君らの部屋にこいつを仕掛けていたんだ」

栗原の手にした、ビニール袋には、何やら小さな四角い物がいくつか入っている。

「何です、それ？」

と真知子が訊いた。

「高性能のＦＭワイヤレスマイクだ」

「それが私たちの部屋に？」

と長谷和美が目をむいた。「何てことでしょ！　許せない！」

「しかし、受信装置のほうは片山刑事が早く発見していたからね、市村智子もあわててマイクを回収したのだ」

「でも、いつ取り付けたのかしら？」

とマリが言った。

「それは改装を受け持った工務店に問い合わせて分かった。彼女は、須田に調理の設備を見たいと言って、工事中に何度かここへ出入りしているんだ」

「それじゃ、最初からそのつもりで、ここへ来てたのね」

長谷和美は一人でカッカしている。「一体誰に頼まれたのかしら？」

「そこはまだはっきりしていない。残念ながらね」

と栗原が微笑んだ。殺人事件があると上機嫌なのである。

「さて、ともかく、市村智子は殺された。犯人が当然いるはずだ」

この一言で、広間が静まり返った。

「古田君――というのは君だな」

「はい」

「片山刑事が入って行ったとき、君は何をしていたんだね」

「あの……ミルクを飲んでいたんです」

「辻紀子さんが市村智子の部屋から出て来るのは見たね。では入って行くのは見なかったのかね？」

「それは……」

さすがに古田もいつもの気取りが消えて、口ごもっている。それを聞いていた辻紀子は、栗原へ言った。

「私がお話しします」

「そう願おうか」

古田が辻紀子を見た。

「おい――」

「いいわよ。もう隠しておけないわ」

「何の事かね？」

辻紀子は肩をすくめて、

「私と古田さんとは結婚してるんです」

と言った。

一同啞然――というほかはなかった。

「だって……あんな大喧嘩してたじゃないの！」

と長谷和美が叫んだ。古田が苦笑しながら言った。

「僕らが夫婦だということは、ともかく伏せておこうということになっていた。お互い、解釈を教え合わないという鉄則からいって、それを理由にコンクールから外されるかもしれないと思ったんだ。だから、お互いここでは口をきくまいと決めた。しかし、あまり口もきかないんじゃ、却って怪しまれると思い、最初に大喧嘩をした。そうすれば、以後一言も口をきかなくても当たり前と思われるだろうからね」

「そうか。——あのとき廊下で見た男女は君たちだな」

と片山は言った。

「夜は訪問し合ってたもの」

と辻紀子が言った。「夫婦ですからね」

「巧く騙したもんね！」

マリが楽しそうに言った。「すっかりごまかされちゃった」

「ともかく、そのことで出場を取り消されるのなら、それは仕方ない。諦めます」

と古田が言った。

「それは朝倉先生に決めてもらおう」

と栗原は言った。「すると、あのとき、調理場にいたのは？」

「二人でコーヒーでも飲もうか、ってことになって——」

と古田が言いかけると、辻紀子が補った。

「私たち、眠る前は必ずコーヒーを飲む習慣なんです」

「ともかくそれで下へ行きました。調理場でやかんを一つ落っことして、凄い音がしましてね。こっちはギョッとしたんだけど、市村さんが起きて来る様子もないんで、さてお湯を沸かそうってことになって……。ところがそこへ刑事さんがやって来る声がしたんで、困っちゃいましてね」

「私が、市村さんの部屋へ隠れることにしたんです。中へ入ってみると、ベッドにはいなくて、バスルームの明かりがついていました。ドアが少し開いて。——でも、あんまり音がしないので、気になって覗いてみると……」

「なるほど。君らが入って行ったとき、食堂や調理場は明かりがついていたのかね？」

「いいえ。でも、調理場のほうはいつも小さな明かりが必ずついているんです」

「誰かを見かけなかったかね。それとも、誰かがどこかに隠れている気配があったとか……」

「いいえ。——君は？」

と訊かれて、辻紀子は黙って首を振った。

「ふむ……」

栗原は顎を撫でた。「どうもこの時点では動機がはっきりしない。しかし、調べれば、市村智子が、おそらくこの中の誰かとつながりがあることがはっきりするだろう。——どうだろう。もし、やった人がいれば、素直に申し出てほしい」

穏やかな口調だったが、広間は水を打ったように静まり返った。

「犯人が外部の人間だとは考えられないんですか?」

と古田が訊いた。

「今回の場合は、どの戸も窓も内側から施錠してある。たとえ手を下したのが外部の者としても、後で鍵をかけた共犯者がいるはずなのだ」

再び重苦しい沈黙。――突然、真知子が立ち上がった。

「誰か知らないけど、さっさと名乗り出なさいよ! 今まで必死になって練習して来たのに、たった一人のために、みんなが迷惑するじゃないの! いい加減にして! もういやよ!」

急に、何かが切れたように、真知子が泣き出した。

「真知子!」

マリが真知子の肩を抱こうとした。真知子がそれを突き放して、

「何よ! 大体があなたのせいじゃないの! あなたなんか――殺されちまえばいいのよ!」

混乱して、何を言っているか分からない、という様子だ。はねつけられたマリのほうは青ざめた顔で、その場に突っ立っている。

真知子は、やっと涙を押えると、

「ごめんなさい……。何だか急に……自分が抑えられなくなって……」

「いいのよ」

マリはもう一度真知子のそばへ行った。「みんなおかしくなってるんだわ。当たり前よ。人殺しがあって、こんな騒ぎが……」

真知子がマリに抱きついた。

「――君らの立場はよく分かる」

朝倉は、困り切った様子で、古田と辻紀子を交互に見た。「しかし、そうならそうと、最初から言っておいてくれれば……」

「まだ両親にも話していないんです」と辻紀子が言った。「ですから、書類が偽りだったとおっしゃられれば、仕方ありません。でも、せめてこの人だけは出場させてあげてください。私は辞退してもかまいませんから」

「そんなのはだめだよ」と古田が言った。「出場資格から言えばどっちも同じだ。それなら君のほうが巧い。君こそ出るべきだよ」

「まあ待ちなさい」

朝倉は疲れたように息をついて、「私も少々混乱してるんだ。何しろこういろいろと起こってはね」

広間に、今は朝倉と、古田、辻紀子の三人きりだった。朝倉はしばらく考え込んでいた。

「——すでに大久保君が抜けて、出場者は六人になっている。コンクールは何としても開きたいし、ここでまた君ら二人に抜けられては、格好がつかない」

と朝倉はため息をついた。「ただ、他の諸君から何か苦情が出ないかということだ」

古田と辻紀子も目を伏せた。

そのとき、広間のドアが開くと、マリを先頭に、真知子、長谷和美、丸山才二の四人がゾロゾロと入って来た。四人ともヴァイオリンを手にしている。

「何だね、一体？」

朝倉の問いには答えず、四人は、古田と辻紀子の後ろに回って、並んだ。そしてヴァイオリンを構えると、弓を当て、マリが肯いてみせるのを合図に、一斉に弾き出した。——メンデルスゾーンの〈結婚行進曲〉だ。

呆気に取られていた朝倉の顔に笑みが浮かんだ。古田と辻紀子は顔を見合わせて、微笑んだ。二人の手が重なった。

演奏を終えると、真知子が言った。

「結婚おめでとう！」

「お二人ともぜひ本選に出て、頑張って！」

とマリが言った。

「ありがとう！」

勝気な辻紀子がふと目に涙を光らせて言った。

「結論は出たようだな」

朝倉は立ち上がった。「いや、今の演奏は実に素晴らしかったぞ！」

長谷和美が言った。

「指揮者なしでも、これぐらいは大丈夫です」

朝倉が笑い出した。

4

「素敵ねえ、音楽って！」

晴美が言った。「あれ聞いてて、ジンとなっちゃった」

「あれって？」

「さっきの結婚行進曲じゃないの」

「ああ、そうか。どこかで聞いた曲だと思った」

「もう、お兄さんったら……」

晴美は片山をにらんだ。

午後三時。おやつの時間、というわけではないが、あれやこれやで昼食を食べ損なった片山は、晴美と一緒に、近くの国道沿いのレストランへ来ていた。車の運転は、ちょうどやって来た石津である。

石津に昼食を済ましたのか、と訊くと、

「いえ、まだ今日は一度しか食べていませんから」

「じゃ朝だけで？」

「いえ、昼を一度です」

というわけで、かくて三人がテーブルにつくことになった。それに、本当は違法であるが、ホームズも隅のほうに肢を曲げて座り込んでいる。店が空《す》いているので、どうぞ、と言われたのである。

「僕もあの曲は大好きです」

と石津が言った。

「何の曲？」

「結婚行進曲です。早く聞きたいですね」

石津としては、遠回しに晴美へ求婚の意を表明しているのだが、隣りの家へ行くのに地球を反対のほうへ一回りして来るような、超遠回しなので、これではだめである。

「一人で聞いてろよ」

と片山はからかった。

「いや、しかし、晴美さんもあの曲が好きですか。偶然だなあ、ハハハ……」

結婚行進曲が大嫌いだというのは、離婚手続きをしたばかりの人間ぐらいであろう。

「——それにしても」

と片山は言った。「事件が解決してから、みんなが安心して本選へ臨めるようにしてやりたかったなあ」

「あら、まだ時間はあるわよ」

「だって、明日だぜ」

「明日の午前十一時からでしょ。まだ二十時間もあるわ」

「そう言ったってね……」

片山は苦笑した。「ともかく、市村智子が誰に頼まれていたのか、それを探り出すのに何日もかかるよ」

「そこを何とかするのよ」

「何とかって？」

「お兄さんが囮《おとり》になって犯人をおびき寄せる、とか」

「無茶言うなよ」

「でも、今度の殺人は前の——ええと、小畑タエ子だっけ、あの女が殺されたのとは大分違うように思わない？」

「そうなんだ。あのときは、外で殺されたということがはっきりしていた。それにストーブを並べるとか、いろいろと工作の跡がある。ところが、市村智子の場合は全然違っている」

「何だか突然の犯行みたい」

「そうだな。今度ははっきり中での殺人だ。ナイフから指紋は出なかったけど、それは水で濡れていたせいで、拭ってあったのじゃないらしい」

「つまり犯人は別?」

「当然そういうことになるだろう」

「じゃ、これはこれで、切り離して考えるべきなのかなあ」

「しかし、市村智子が誰かに頼まれて隠しマイクを仕掛けていたのはほぼ確実だからなあ」

「ともかく、このコンクールに絡んでいるのは事実なのよ」

食後のコーヒーを飲みながら、三人は考え込んだ。——外は相変わらずかなりの雨だ。

「明日は晴れるかしら」

と晴美が言った。

「晴美さんがウインクすれば晴れます」

「まあ、石津さんも、お世辞が上手になったわね」

「天気がよくても、出場する連中の心は闇さ」

「〈金色夜叉《こんじきやしや》〉ですね」

「国定忠治じゃない？」

「どうでもいいよ。——どうも気になってるんだ」

「あら何が？」

「例の小畑タエ子殺しさ。あのストーブが何のためにあそこに置かれてたのか、ってことだ」

「それは——」

「死亡推定時間か？　しかし、身許は分かったのに、誰もアリバイを必要とする人間なんていないじゃないか」

「それはそうね」

「つまり、あのストーブには他の意味があったんじゃないか、ってことさ」

「商品テストでもやってたのかもしれませんね」

と石津が言った。

「あの百科事典の順序が狂ってたこと……。何かあるんだ。——そう寒くもないのにストーブをたくっていうのは、どんなときだ？」

「そうねえ……。洗濯物を乾かすときかな」

「あそこに洗濯物はなかったぞ」

「死体を乾かしてたんでしょうか？　でも溺死《できし》じゃないし——」

「しかし、何か匂うなあ」

と片山は考え込んだ。

急にホームズが起き上がった。フー……と唸り声を立てている。

「おい、どうしたんだ？」

「お兄さん、ほら——」

ちょうど店に初老の夫婦が入って来た。その奥さんのほうが、毛のモコッとした白いむく犬を連れていたのである。

「まずいな、こりゃ」

と言ったときはすでに遅く、犬のほうでもホームズに気付き、キャンキャンと吠《ほ》え立てた。

「あら、フレデリック、どうしたの？」

とその夫人がなだめている。——と、突然むく犬は飼い主の手を振り切ってホームズのほうへ——ということは片山のほうへ突っ走って来た。

「ワッ！」

よける間もあらばこそ、いい加減大きなむく犬が片山の目の前へ飛び込んで来たからたまらない。

食べ終わっていたものの、多少、ニンジンその他の付け合わせが残っていた皿は引っくり返る、コーヒーカップ半分ほどのコーヒーはまともにズボンへ。

一方、そんな攻撃をのんびりと待っているホームズではない。むく犬がテーブルへ飛び上がったときには、もう窓際を走って、出口のほうへと身を躍らせていた。

むく犬のほうはワンワンと吠えつつ、テーブルの上で向きを変えたから、ソースびんは引っくり返す、砂糖はぶちまける、と大騒ぎ。

「キャーッ!」

と晴美が殺されそうな声を出す。

むく犬はテーブルから飛び降りると、ホームズの後を追って出口へと走った。

「これ、フレデリック待ちなさい!」

女主人が立ちはだかったものの、とても止められる勢いではない。女主人の股の下をくぐり抜けたから、

「キャッ!」

と尻もちをついてしまった。

「ホームズ!」

晴美が急いで後を追った。二匹とも表へ飛び出して行ってしまったのである。

出口の所で、

「ホームズ!　ホームズ!」

と呼べば、ようやく立ち上がった犬の飼い主のほうも負けじと、

「フレデリック、フレデリック！」

と声を上げる。「戻っておいで！　風邪を引くわよ！」

「ホームズ！」

「フレデリック！　そんな野良猫、放っておきなさい！」

これに晴美がカチンときた。

「ホームズ！　そんなぬいぐるみの出来そこない、うっちゃっときなさい！」

「まあ！」

と夫人のほうもムッとした様子で、「フレデリーック！　ドイツ生まれのフレデリック！

血統書付きのフレデリック！」

とやっている。

「天才ホームズ！　名探偵！　大統領！」

「五十万円のフレデリック！」

「ホームズ殿下！　ホームズ姫！」

「フレデリック様！」

「やれやれ……」

片山は穴があったら入りたかった。店の人間たちは腹をかかえて笑っている。

先にホームズが戻って来た。

「まあ、大丈夫？　全然濡れてないじゃないの」

ホームズは席のほうへ戻って来ると、悠々と座り込んだ。

「どこか雨の当たらない所にいたんだな」

「そうよ、ホームズは頭がいいんだもの」

と晴美が得意顔である。

「お前が威張るこたあない」

犬の飼い主のほうは、まだ、

「私のフレデリック！　可愛いフレデリック！」

とやっている。亭主が見かねて片山に詫びたあと、

「おい、もうやめろ」

と夫人に声をかけると、

「あんたは黙ってなさい！　――フレデリック！　亭主よりよっぽど可愛いフレデリック！」

亭主が憤然として、さっさと席に座った。

「――まあ、フレデリック！　可哀そうに！　寒かっただろう、よしよし」

晴美が見て、プッと吹き出した。

「見てよ、あれ！」

全身ずぶ濡れになって、何ともショボクレた犬が入って来た。

「あれがさっきの犬？」

毛がモコモコしているときは丸っこいのだが、濡れそぼって、えらくやせ細った、貧弱な犬に見える。

「驚いたな！　ああも変わるもんかね」

と片山は言った。「——しかし、このズボン、コーヒーでびしょびしょだぜ」

「ストーブで乾かすのね、それこそ」

濡れた犬を抱きかかえた夫人が、フンという顔で晴美のほうをにらんで行った。

「いけ好かない奴」

と晴美が言って、ベーと舌を出した。

「おいよせよ」

ホームズがニャーと鳴いた。犬のほうもキャンキャンと吠える。

「おい、ホームズ、いい加減にしろ。これ以上店をめちゃめちゃにしたら——」

ホームズがじっと片山を見た。それから犬のほうへ目を向け、そして、また片山を見る。

その目つき。

「——おい、何か言いたげだな」

片山は犬を見た。濡れて、毛がぴったり体にはりついてしまっている。

待てよ……。

「どうしたの？」

晴美が不思議そうに言った。

「そうか！」

片山がいきなり立ち上がった。

「何よびっくりするじゃない」

「分かったぞ！」

「何が？」

「あのストーブだ！　あの理由が分かった！」

「ええ？　本当？」

「小畑タエ子は、外で殺されたんじゃない、あの屋敷の中で殺されたんだ！」

「中で？」

「あの書斎で、だ！」

「だって、血痕が――」

「そこだよ。それがトリックなんだ。行こう！」

片山はホームズを抱え上げた。「石津、お前も来い！」

「はあ――」

「力のある奴がいるんだ！」

片山は出口へと急ぎながら、「晴美、支払いは頼むぞ」と言った。

片山は書斎の戸を大きく開け放った。

「このドアは広く開くんだ。これもポイントだったんだな」

「どういうこと？」

「いいか。死体は分厚い絨毯の上にあった。血は乾いていて、絨毯には全く血の跡はない。拭き取った痕跡もない。だから小畑夕エ子は外で殺されたと思われている」

「そうよ」

「殺されたとき、もし絨毯がなかったとしたら？」

「ええ？」

「つまり、絨毯をあらかじめ取ってしまって、そこで小畑夕エ子を殺す。床に流れた血は拭って、血が完全に乾くのを待つ。そして廊下へ死体を出し、もう一度絨毯を敷いて、その上へ死体を置く」

「それは無理よ！」

と晴美は言った。「だって、ご覧なさいよ。三方が本棚よ。それがこの絨毯の上にどっしりとのっかってるのよ。どうしたって――」

「ところが、そうじゃないんだ」

片山は本棚のほうへ歩み寄ると、「こいつは壁へがっちり固定してある。つまり絨毯の上には乗ってはいるが、絨毯がなくなっても、床との間に隙間があるんだ」

「でも、そんなに絨毯へ食い込んでるじゃないの。もし引き抜けたとしても、元へ戻せないわよ」

「実験してみよう。おい石津、出番だよ」

「何をするんです？」

「本を降ろすんだ」

「どの本です？」

「これ全部」

「全部？」

石津が目を丸くした。

「頑張れよ。晴美とデートしてもいいからさ」

「本当ですか？」

石津は目を輝かせて、上衣をパッと脱ぎ捨てると腕まくりした。「さあ、どこからでもかかって来い！」

「喧嘩するわけじゃないぞ。晴美、食堂の椅子を二つ持って来てくれ」

「了解」

晴美が大急ぎで椅子を持って来る。片山と石津がどんどん本を出し始めた。晴美が少しずつ廊下へと運ぶ。

三人とも汗だくにはなったが、ともかく、一時間余りで本は出し終えた。

「涼しい顔はホームズ一人ね」

と晴美がハアハア言いながら、「次は？」

「やかんに水だ」

「水？　飲むの？」

「違うよ。ともかく大きなやかんがいい。二つぐらい」

「じゃ、男性がやってよ！」

と晴美がむくれた。

片山と石津が、大きなやかんに水を一杯入れて持って来た。

「これをどうするんです？」

「見てろ」

片山は本棚のほうへ近付くと、膝をついて、やかんの水を、本棚の下へと注ぎ始めた。

「何してるの？」

「本棚の下の絨毯を水浸しにするのさ。——見ろよ。ここの絨毯は最高級で毛が深い。水に濡れると、こんなにペッタリと薄くなる。さっきの犬と同じさ。——よし、石津、そっちの本棚の下を頼む」

「分かりました」

三方の本棚の下に水を流し込むと、片山は、

「今度は絨毯を引っ張り出すぞ」

と戸口から廊下へ出た。「石津、そっちを持て」

「はい」

二人は並んで、絨毯の端をつかむと、

「一、二の三!」

という片山のかけ声でぐっと絨毯を引っ張った。意外に簡単に、ズルズルと動いて来る。

「——動いたわ!」

と晴美が言った。

「そうさ。見ろよ。本棚の下、ちゃんと隙間があるだろう」

「本当ね。壁に固定してあるから、そこで支えられるんだわ」

「本が詰まっていればともかく、本がなければ支えていられるんだ。よし、今度は戻せるかどうかやってみよう。石津、向こうへ回ってくれ」

戻すのは、ちょっと厄介だったが、それでも、下の床がビニタイルで、しかも水がこぼれているのでツルツル滑りやすく、絨毯は、何とか元のとおりにおさまった。

「これで棚へ本を戻す」

「そうか。でも位置までは正確に戻せないから、百科事典の順序が狂ってたのね」

「そしてストーブさ」

「ストーブは……絨毯を乾かすためだったのね！」

「そのとおり。この部屋を暖めて、絨毯を乾かしたかったんだ。しかし、死体のほうに向けておけば、却ってほかの目的と思われることまで計算していたんだろう」

「そうか……。これで分かったわね。でも……やったのは誰なの？」

「うん。――死体のそばに白い粉が落ちていた。あれはたぶん……松やにだと思う」

「松やに？」

「ヴァイオリンに限らず、弦楽器の弓には必ず松やにをつける。固まりに弓をこすりつけるんだ。ここで何度も見てたけどね。――弾いている間に、それが飛び散る。きっと、あれはその粉だ」

「それが落ちていたってことは……」

「ヴァイオリンを弾く人間がやった、ということかな」

「でも……誰が？」

「分かるだろう。――この本を降ろし、全部を元に戻すだけでも大変な作業だ。たとえ、市村智子が一緒にやったとしても、女の力でできることじゃない。男でも、あの古田君のような優男《やさおとこ》では難しい……」

「それじゃ――」

と晴美が言いかけると、突然、声がした。

「そのとおりです」

三人は振り向いた。

「――僕がやったんです」

丸山才二が、疲れたような表情で、立っていた。「あの女を殺したのは、市村智子です。でも、僕も一緒だった。――僕は市村智子の所へ毎晩通っていたんです」

「じゃ、市村智子を殺したのは――」

「僕です」

「丸山さん……」

と女の声がした。

「桜井さん。――マリが、階段の下に立っていた。――あなただけがライバルだと僕は聞かされていた。あなたさえいなければ……あなたさえだめになれば、と思っていたんだ。すみません」

「私が？　――私なんか、ただの女の子なのに」

マリは悲しげに階段へもたれかかった。

「市村智子を金で雇ったのかい？」

「そう……。もともと悪い女なんですよ。僕が知り合ったとき、あいつは未亡人だった。関係を持ってから、あいつが亭主を事故に見せかけて殺したことを知ったんです。でも、その亭主の遺した金も使い果たして、あいつは金になることなら何でもやった。だから、これをやらせたんです」

「その彼女をなぜ殺したんだ？」

「――あいつが、何の罪もない年寄りを平然と殺して、あなたが今やって見せたような細工まで考え出した。それを見ていて、勝手な話だけど、恐ろしくなったんです。だから、昨日、夜、あいつと寝た後で、この礼金を払ったら、もう別れたほうがいいと言いました。――でもあいつは……」

「食いついて離れない」

「そうなんです」

「別れると言うなら、全部ばらしてやる、と――」

「ええ。それで、いったんはなだめて、部屋を出ましたが、カッとなっていて……調理場にあったナイフをつかんで、取って返し、シャワーを浴びようとしていたあいつを刺し殺したんです」

――丸山はしばらく黙っていたが、やがて、片山を見て言った。

「お願いが一つあります」

「何だい？」

「これを――」

ポケットから一枚の折りたたんだ便箋《びんせん》を出した。「朝倉先生に渡してください。ずっと持って歩いていたんです」

「これは？」

「出場辞退の届けです。昨日の日付になっています。――辞退した後で逮捕されたのなら、コンクールにも、傷はつかないし、みんなにも迷惑はかからないでしょう」

「丸山さん……」

とマリが呟いた。

「分かったよ」

片山は肯いた。「必ず渡そう」

「片山さん」

石津が、「この本、どうします？」

と廊下に積み上げてある本の山を指さす。

「放っとけ。後で誰か――」

と片山が振り向く。

そのとたん、丸山は身を翻《ひるがえ》して、走り出した。

「おい待て！」

「丸山さん！」

丸山は一気に階段を駆け上がった。片山と石津が後を追う。晴美とマリ、ホームズもそれに続いた。

丸山は二階の廊下を走って、自分の部屋へ飛び込んだ。遅れて片山たちが辿り着く。ドアがびくともしない。

「おい！　開けろ——馬鹿な真似はよせ！」

「丸山さん！　出て来て！」

マリが叫んだ。

いくら防音扉でも、こんなに騒げば聞こえるとみえて、他の部屋から、みんなが出て来た。

「どうしたの？」

と辻紀子が訊く。

「丸山さんが……丸山さんが……」

マリは涙声になっていた。

片山と石津が何度もぶつかって、やっとドアが少し動いた。

「ベッドが置いてある！　思い切り押すんだ。みんな！　手を貸してくれ」

全員でドアをぐいぐい押すと、少しずつドアが開いて行く。

「もう通れるぞ」

片山が横になってすり抜ける。石津もすり抜け——ようとしたが、何しろ少々厚味もあるので、ギュウギュウいいながら、目を白黒させ、やっとの思いで中へ入る。

片山がバスルームの入口で青くなっていた。

「大丈夫ですか?」

石津が訊いた。——次々にみんなが入って来た。片山は急いで、

「だめだ! 来るな!」

と言った。しかし、もう遅かった。

「丸山さん! ——何てこと!」

マリが悲痛な声を出した。

丸山は、剃刀を手に、倒れていた。大久保とは違って、喉を切り裂いて、もう、命の絶えていることが、一目で分かった。

5

「音楽っていうのも命がけなんですねえ」

と石津が言った。

あまりピンとくるセリフではないが、まあ石津としては気のきいているほうであろう。

夜——十一時をもう過ぎている。

後十二時間たつと、スタンウィッツ・コンクールの本選が始まる。——ここまでの何という道のり。

「全く、気が滅入るわ」

と晴美は言った。

珍しく二人だけである。——片山とホームズは、まだ屋敷に残っているのだ。

「一杯飲みたい気分」

と晴美が言い出して、二人して、途中のスナックへ立ち寄ったというわけだった。

「でも、本選の前に事件は解決したじゃありませんか」

と石津が言った。

「まあ、ね……。でも、あの人の好さそうな丸山っていう人が、犯人だなんてねえ」

「人は見かけによらないもんです」

「そうね、本当に。——もう一杯！」

「大丈夫ですか？」

「ええ、平気よ。酔ったら、石津さん、送ってくれるでしょ？」

「そりゃもちろん！」

石津が張り切って言った。

「それにつけ込んでホテルへ連れて行くような石津さんじゃないものね」

「信用してください！」

「絶対安全だから、ね」

安全というのは必ずしも賞め言葉ではないのだが……。

晴美はもう一杯水割りをぐいと飲んで、

「でもねえ、何だか……」

「何です？」

「もうひとつ腑に落ちないのよ」

「というと？」

「あの丸山って人が、マリさんに切りつけようとしたり、何の縁もゆかりもない女性を殺したりなんて、計画するなんて信じられないわ」

「人は見かけに――あ、さっき言いましたっけね」

「そんな人だったら、自分から進んで自白したり、出場辞退の手紙書いたり、剃刀で喉切ったりするかしら？」

「そうですねえ」

「大体、ろくに証拠もなかったのよ。それを、自分から……。おかしいわ」

晴美は首を振った。

小さなスナックである。――電話が鳴って、誰やら女の子が呼ばれて行った。

「あらあ、ここにいるの、どうして分かったの？　さっき来たばっかなのよ！　――何だ、ケンちゃんが電話したのか。――びっくりしちゃった、千里眼かと思って、ハハハ……」

晴美はグラスを置いた。

「そうだわ」

「え？」

「電話を忘れてたわ」

「どこかへかけるんですか？」

「違うの。かかって来た電話よ」

――あの、マリと真知子が本選に残ったと知らせて来た電話。そのすぐ後にマリには優勝させない、という電話があったのだ。

あれが、そもそもこの事件との関わり始めだったのに、すっかり忘れてしまっていた！

あの電話……。本当に、なぜ、あの電話をかけた人間は、マリが本選へ残ったことを知っていたのだろう？　そして――そうだ、なぜマリがあのホテルのレストランにいることを知っていたのか？

知ることができたのは誰か？　――それを今まで疑問に思わなかったのは、あの、ロビーにいた女が、電話して来たのかもしれないと、漠然《ばくぜん》と考えていたからだ。

しかし、マリがコンクールで優勝することを、小畑タエ子が邪魔するはずはない。そんなことはどうでもいいのだ。いや、そんなことなど、知りもしなかっただろう。

彼女はただ、マリが自分の娘だと、ひたすら信じ込んでいただけなのだから。

「晴美さん」

石津が心配そうに言った。「大丈夫ですか?」

「待って! ——もうちょっと、もうちょっとなのよ」

そして、あの、殺された最初の料理人——浜尾恭子。あの女を殺したのは、誰なのか?

丸山か? それとも市村智子か?

いずれにしても、あの二人は、浜尾恭子が料理人に選ばれたことを、どうやって知ったのだろう? 浜尾恭子は、あの事務所を訪れた。その日に殺されているのだ。次の日に、彼女は現われなかったのだから。

とすると、犯人は浜尾恭子をどこかで待ち伏せることができたわけだ。自分で手を下さなかったとしても、丸山か市村智子へ、それを知らせた人間がいるはずである。

須田か? ——しかし、須田ならば、片山の言ったとおり、殺す必要はない。ただ、不採用とすれば済む。そうなると……。

それを知り得た人間は一人しかいない。——あの事務所の事務員だ。——道原和代。

ホームズが、ふと目を開けた。

誰かが、廊下を近付いて来る。

ドアを叩く音がした。――片山も、事件の興奮がまださめ切っていなかったのか、すぐに起き上がった。

「はい？――誰？」

と声をかける。

返事はなく、ただドアを叩く音。

片山はベッドから出ると、一つ欠伸をして、ガウンをまとった。

「ちょっと待って」

鍵を外して、ドアを開ける。

マリが、立っていた。パジャマ姿である。

「ど、どうかしたの？」

「中へ入れて。――ね？」

「ああ……。どうぞ」

片山は、ドアを閉めたが、鍵はかけなかった。それはそうだろう。

「――眠れなくって」

マリはベッドに腰をかけた。

「もう遅いよ。明日がいよいよ本番なんだから」

「ええ、分かってるわ。——ね、片山さん」

「何だい？」

「あなたとも、明日でお別れね」

「そうだね……」

「私……あなたが好きでした」

「僕はつまらない男だよ」

片山は本気でそう言った。

「違うわ。あなたが、ラヴェルとドビュッシーの区別のつかない人でも、そんなことちっとも構わないの」

ラベルと飛び石がどうしたって？　——片山は思った。

マリはゆっくりと立ち上がって、片山のほうへ進んで来た。例によって、片山は後ずさる。が、マリの進む速度のほうが早かった。

マリはぐいと腕を片山の首へからめて抱きつき、キスした。片山はこうなるといつもの伝で身体が硬直化して来る。

「ね、ねえ……君、早く寝ないと……」

「私、帰らない！」

「ど、どうして？」

「あなたのものになれるまで帰らない」

「いいかい、僕はもうじいさんで——」

「つべこべ言わないで！」

やおらマリは片山の手をつかんでぐいぐいとベッドへ引きずって行く。

「や、やめなさい！——パジャマが破れるじゃないか？」

「いいわよ、どうせ脱ぐんだもの」

「脱がないよ！」

「じゃ私が脱ぐ！」

マリがいきなり手を放したので、片山は床へ引っくり返ってしまった。——ホームズが、見ちゃいられないよ、という顔で目をつぶった。

マリがパジャマの上を脱ぎ捨てた。若々しい裸身が、うす暗がりの中で、白く光った。

片山はゴクンと唾《つば》を呑んだ。

「か、風邪ひくよ！」

「あなたが暖めて」

マリは言って、床に座り込んでいる片山のほうへ進んで来た。向かい合って座ると、じっと片山の目を見入る。

その目はひたむきで、真剣だった。

「追い帰さないで。お願い」

この子を抱いても傷つけるかもしれないが、抱かなければ、もっと傷つける、と片山は思った。

ここまで来ると、片山もそれぐらいのことは考えるのである。

「君は……本当にいいのかい？」

「ええ。覚悟して来たの。――お願いよ、受け取って」

こう言われたら、結構ですと断わるわけにはいかない。

片山は手をのばして、そっとマリの頬へ触れた。マリが身を投げ出して来た。

二人は分厚い絨毯の上で、抱き合った。

いくら女性恐怖症の片山とて、こうなったらやけである。――やけ、というのも妙だが、実際そんな気分だ。力一杯マリを抱きしめる。マリが思わず息をこぼした。

ドアが、そろそろと開いた。

ナイフを持った手が、すっとドアを押し開いた。――床の上の二人は、全く気付かない。

入って来た人物が、一歩進み出ると、ナイフを振り上げた。

ホームズが、ギャーッ！　と鳴いた。

ナイフを持った手が止まる。ホームズのしなやかな体が、弾丸のように宙を飛んだ。鋭い爪が、その女の顔へと食い込む。

「キャーッ!」

悲鳴を上げて、女がナイフを取り落とすと、ホームズを振り払って、廊下へ転がり出た。

片山ははね起きた。

「ここにいるんだ!」

とマリへ叫んで、廊下へ飛び出す。——女が、顔を押えて、もがいていた。

片山がその手をつかむと、女は暴れようとしたが、目に血がしみ込むのか、頭を振って、うつ伏してしまった。

片山は、喘ぎながら立ち上がった。

パジャマの上を着ながら、マリが出て来た。

「誰なの?」

「道原、っていったかな。——事務局の女事務員だ」

電話が鳴った。「——君、出てくれないか」

「ええ」

マリは片山の部屋へ戻って電話に出た。

「はい。——あ、晴美さん?　マリです」

「よく聞いて！　道原和代っていう女が、犯人なのよ！」

「え……ええ、その人、廊下に倒れてるわ」

「倒れて？　捕まえたの？」

「そうらしいの」

「よかった……」

晴美はホッと息をついていたが、「――あら、マリさん、あなた、そこで何してるの？」

と訊いた。


「道原和代は、丸山才二の姉だったんです」

と片山が言った。

「そうか」

栗原が肯く。「すると、そもそもの計画は道原和代が立てたんだな？」

「そのようですね。――結婚して道原姓になりましたが、間もなく離婚、しかし、姓はそのままにしていたようです」

広間。――午前四時である。出場者たちはみんな眠っていた。

いや、眠れなかったかもしれないが、ともかく床についていた。

晴美と石津が、Uターンして来ている。

「それじゃ、丸山さんっていう人は、お姉さんをかばうために、あんなにすぐ自白したのね」

「そう。そして自殺してしまった。――それを知って、姉がナイフを手にやって来たわけさ。――お前はどうして彼女だと気が付いたんだ？」

晴美が、電話のことと、浜尾恭子のことを説明すると、

「なるほど」

と栗原が肯いた。「みごとな推理だ。いや、片山と交換したい」

片山が咳払いした。

「ともかく、彼女は弟に是が非でも優勝させたかったようです。あの事務局へ勤めたのも、コネとか、そういったことで、何か弟の役に立つと考えたからでしょう」

「そのためなら、殺人も、か」

「このコンクールは最大のチャンスでしたからね。ライバルが桜井マリだということは、朝倉さんたちの話を小耳に挟んで知っていたんでしょう。――マリさえいなければ、という思いが、狂気にまでたかまった、というところでしょうね」

「腕を切ろうとしたのも、あの女だな？」

「ええ、認めました。マリの母親を池へ突き落としたのも彼女です」

「やっぱりね。――小畑タエ子じゃ弱々しすぎるわよ」

「彼女は、小畑夕エ子のことを以前から知っていたんだな。マリを娘だと吹き込む手は、後から思い付いたんだと思うよ」

「それでマリさんの気持ちを乱そうとしたのね」

「しかし、それはあまり役に立たなかった。業を煮やして、車からナイフで切りつけたが、別人をやってしまった」

「その後は、ずっと警察の監視つきになったってわけね」

「そう。一方で、市村智子を、料理人としてここへ送り込もうとしていた。市村智子は彼女の知り合いだったんだよ」

「でも、どうして浜尾恭子が――」

「それが、募集の初日一番に来るはずだった市村智子が、遅れたんだ。それで浜尾恭子が先に決まってしまった。――彼女は市村智子へ急いで連絡して、何とかしろと言った。市村智子は、浜尾恭子を殺してしまった」

「かなりの殺人狂だな」

「ともかくそれでうまく市村智子をここへ送り込んだわけです。隠しマイクも仕掛けた。しかし、地震のおかげで、マイクはばれてしまう。マリの母親は殺しそこなう。――なかなか巧く行かなかった」

「でも、どうしてここで直接マリさんを狙わなかったのかしら?」

「いや、それはできなかったんだ。外でならともかく、この中でマリが殺されたり傷つけられたりすれば、当然犯人はコンクールの出場者ということになって、コンクール自体が中止されたろう」

「そうか。それじゃ元も子もないわけね」

「だから小畑タエ子にしても、あんな手間をかけて、外で殺されたように見せかけたんだよ」

「あの小畑タエ子を殺したのは、なぜ？ ただマリさんを動揺させるため？」

「それもあったが、むしろ、小畑タエ子の口から、自分のことが出るのを恐れたんだ。小畑タエ子は、道原和代から、マリが娘だと聞かされていたから、和代に、早くマリに会わせろとうるさくせがんだらしい。和代にしてみれば、もう役に立たないわけだし、生かしておいては、何をしゃべられるか分からないというので、殺す決心をしたんだ。ただ、どうせ殺すなら、少しでもマリの身近で、ということにしたんだろう」

「丸山は姉の言うなりだったんだな」

「総て自分のためにというので、姉が罪を犯しているわけですからね。どうにもできなかったんでしょう。それに、市村智子の体に安らぎを求めていたのも事実だったんです。やり切れなかったんでしょうね」

「じゃ、前から知ってたというのは嘘だったのね？」

「あれは姉から聞いた話だろう。——市村智子を殺したのは、何か姉の悪口を言われたか、どうかしたんだと思うね」

「小畑夕エ子をどうやってここへ連れて来たのかしら?」

「それは和代が連れて来たのさ。マリに会わせてやるとでも言えば、喜んでついて来ただろう。外で殺しては、窓から誰かに見られる心配がある。いったん中へ入れ、あの書斎で殺したというわけだ。後で広間の窓のガラスを切っておく。そうすれば、外で殺したと思われる……」

しばらくは誰も口をきかなかった。

「よし、分かった」

栗原は立ち上がった。「ともかく、これでやっと終わったわけだ。やれやれ……」

「疲れましたね」

と石津が言った。

「お前も帰って寝ろよ。いいか」

「分かってるわよ」

と晴美は立ち上がって、「あ、そうだ。もう一つ質問」

「何だ?」

「マリさんとは最後まで行ったの?」

「おい！」

片山が青くなった。「やめてくれ！」

晴美が吹き出した。

6

「今朝の食事は凄いねえ」

と古田が言った。「誰が作ったんだい？」

「私」

と辻紀子が言った。「それに桜井マリさん、植田真知子さん、長谷和美さん」

「何だ女性軍全員か」

古田は苦笑して、「ついに男は僕一人か……」

と言った。

「頑張ってくれよ」

と片山が言った。

「いいお天気よ。絶好の日ね」

と、真知子が言った。

「やっぱり天気が関係あるの?」

と片山が訊いた。

「湿気がないほうが、ヴァイオリンはよく鳴るんです」

と古田が言った。

「ああ、なるほどね」

「——何となく寂しいわね」

と長谷和美が言った。

そういえばそうだ。——大久保靖人、丸山才二の二人が抜け、そして市村智子の姿もない。

「私、この一週間のこと、一生忘れられないな、きっと」

長谷和美が、意外にセンチメンタルなことを言い出した。

「みんなそうなんじゃない?」

辻紀子が言った。

マリは、一言も口をきかなかった。ほとんど眠っていないのだろう。目は赤くなっていたが、その表情は、不思議な穏やかさを湛《たた》えていた。

「刑事さん、ありがとうございました」

と古田が言った。

「え?——いや、これが仕事だものね」

片山はちょっと照れて、言った。

「コンクールが終わったらデート申し込んでもいい？」

と長谷和美が言った。「首はもう絞めないから」

「そう願うよ」

片山は苦笑した。

ふと、マリと目が合った。――マリは、ちょっと頬を染めて、うつむいた。

「もう、何もかも終わったんでしょ？」

と、辻紀子が訊いた。

「もう終わった。犯人も分かったし、もう何も起こらないよ」

「じゃ、心置きなく闘えるってわけね！」

辻紀子の明るい声が、よく似合う朝であった。

「九時半に、バスが迎えに来るからね」

と片山は腕時計を見た。

「刑事さんも一緒に乗って行くんでしょう？」

「いや、僕はいったん本庁へ顔を出さないと。でも必ず聞かせてもらうよ」

そう言って、隣りを見て、「こいつとね」

ホームズがヒョイと顔を出してニャーオと鳴いた。明るい笑いが響いた。

「みんな出たかな」

片山は見回して、「――よし、鍵をかけるぞ」

と屋敷の玄関のドアに鍵をかけた。

一週間の終わりだ。――長い長い一週間だった。

片山は自分の車のほうへと歩いて行った。ホームズがついて来る。

みんながマイクロバスへと乗り込んでいる。片山は車に乗ると、ホームズを助手席に乗せ、エンジンをかけた。

「先に出るか――」

どうせ行き先は別だ。車を出して、スピードを上げる。バックミラーに、あの屋敷が映った。

「大変な一週間だったなあ」

車が広い道へ出ると、片山はホームズへ言った。「しかし、まあ悪くなかった。事件も何とか解決したし、あの娘ともキスしたし……。あれでよかったんだ。なあ?」

ホームズは欠伸をした。

「あの娘、なかなか可愛くて、素敵だったな」

「そう?」

「そうさ」

片山はギョッとして振り向いた。――マリがニッコリと笑った。

片山はあわてて車を端へ寄せて、停めた。

「君……何をしてるんだ?」

「座ってるの」

「そりゃ分かってるけど……。僕は警視庁へ行くんだ。君はあのバスに――」

「私、本選には出ないわ」

片山は、戸惑って、

「ねえ、君――」

と言いかけたが、マリはそれを遮って、

「ゆうべ、つくづくいやになったの。音楽のために人が争ったり、殺し合ったり……。間違ってるわ! コンクールなんてものがあるから、こうなるのよ」

「しかしね――」

「母には悪いと思うけど、もう、私、ヴァイオリンは捨てるの」

片山は何とも言いようがなかった。

マリの身になってみれば、無理からぬことかもしれない。自分のために、何人もの人間が命を落としたのだ。たまらなくなるのは、よく分かる。

「ねえ、片山さん」

「何だい？」

「このままどこかへ連れてって」

「どこかって？」

「ホテルとかモテルとか……」

「──本気かい？」

「あら、だって、ゆうべ、邪魔さえ入らなかったら、あなただって、その気だったんでしょ？」

「そりゃまあ……ね」

否定できないのが辛いところだ。

「お願い。──あのままにしておきたくないの」

片山はしばらく考えていたが、やがて、肯いた。

「分かった。じゃ、どこかホテルを捜そう」

「嬉しい！　ありがとう」

マリが飛びはねた。

「おいおい、この車、公用車なんだから。──前へおいでよ」

「うん」

「ホームズ、お前は後ろだ」

ホームズが面倒くさそうに、後ろの座席へ飛び込んで行った。マリが前へ乗って来る。

「さて、それじゃ少し遠くへ走らせよう。——眠いんじゃないのか」

「少しね」

「眠るといい。着いたら起こしてあげるよ」

「もたれていい？」

「いいとも」

マリは片山の肩へ頭をのせた。

ゆっくりと車をスタートさせる。

「幸せだわ……」

「そうかい？」

「こんな気分、初めて……。今まではいつも追いかけられてたんですもの……」

「ゆっくり休むんだ」

「ええ。——あなたの胸で。眠るわ」

マリは目を閉じて、息をついた。

片山は、しばらく走らせて、車を停めた。マリはぐっすりと眠っている。

片山はハンドルに手をかけて、ぼんやりとしていたが、やがて一つため息をつくと、車をスタートさせた。

片山は車を停め、マリの肩を揺さぶった。

「着いたよ。──起きるんだ」

マリは、かすかに息をついて、目を開いた。二、三回瞬《まばた》きして、片山へ微笑みかけると、

「おはよう」

と言った。

片山の胸がキュッと痛んだ。何と素敵な娘だろう。俺は馬鹿だ！

マリは大きく息をして、窓の外を見た。

「ここは──」

文化会館の建物が、目の前だった。マリが片山のほうを振り向く。

「嘘つき！」

片山は胸をえぐられるような気がした。

「君は必ず後で、今日ここへ来なかったことを後悔することになるよ」

マリはプイとそっぽを向いた。

「いいかい」

片山は続けた。「君の気持ちは分かる。コンクールってものが、音楽本来の姿じゃないという──まあ、僕もそんな気がする。だけどね、それは人間が間違ってるんだ。そうだろ

う?」

マリは何も言わなかった。

「僕には音楽のことはさっぱり分からないけれど……君は、モーツァルトとかベートーヴェンとか——」

後が出て来ない。「そういう人の音楽が好きなんだろう? だったら、弾くんだ。君は才能があって、その音楽を人に広める力があるんだからね」

片山は少し間を置いて、

「音楽をやる人間が悪いことをしたり、間違ったことをしても、それは、モーツァルトやベートーヴェンが悪いんじゃないさ。そうだろう?」

と言った。

マリが片山を見た。泣き出しそうな顔だ。そして、文化会館のほうへ目を向けた。

「今行けば、まだ間に合うよ」

「でも……ヴァイオリンがないわ」

「大丈夫。ちゃんとバスに積んで来てあるよ。さっき途中から電話して確かめておいた」

マリが片山を見た。目に涙がたまっている。

「——さあ、行くんだ」

マリが、片山に抱きついた。重ねた唇に、涙が塩からく伝って来た。

マリは片山から離れると、急いでドアを開けた。そして、振り返らずに、一直線に走って行った。

片山はホッと息をついた。

「おい、ホームズ。——俺って馬鹿だと思うか？」

「ニャン」

とホームズが答える。

「こいつ！」

片山は笑った。


拍手が起こった。

大ホールが満員の盛況である。いやが上にも熱気が漲っていた。

片山と晴美は、何と朝倉の隣りに席をもらっていた。ホームズも晴美の膝で〈鑑賞〉している。

朝倉の向こう隣りに、スタンウィッツの巨体があった。大きな手、大きな体、大きな目。総てが大きく、暖かな人柄を思わせるものだった。

「——今までのところ」

と朝倉が言った。「課題曲の無伴奏はみんな甲乙つけがたいな。新曲の解釈はやはり桜井マリが一番深い読みだ。これで、この次の課題のコンチェルトがよければ文句なしだな」

「そうですか」

晴美は肯いて、「何の曲ですか」

「分からない。運次第でね。シベリウスあたりなら、得意中の得意だが……」

司会者が、

「次は、桜井マリ。課題曲、チャイコフスキー、協奏曲ニ長調、第二、第三楽章」

とアナウンスした。

「あまり得意な曲じゃない」

と朝倉が呟いた。

「どうして第一楽章をひかないんですか?」

と晴美が訊いた。

「長いんだよ、曲が。だから全曲ひくと、疲れがひどくなる。不公平になるからね」

桜井マリが登場した。盛大な拍手である。薄いブルーのロングドレス。スラリとした姿に、ヴァイオリンが、よく合った。

指揮者と顔を合わせて、マリが肯く。

指揮棒がゆっくりと上がった。木管とホルンの序奏。――マリが、ヴァイオリンを構えて、弓を当てた。

哀愁に満ちた調べが、細い絹糸のように、紡《つむ》ぎ出されて来る。満員の聴衆が、身動きもせずに聞き入る。

スタンウィッツが何か呟いた。

朝倉が、そっと言った。

「彼女は恋をしてる、とさ」

片山は、マリのヴァイオリンが、本当にすすり泣くのを、聞いたような気がした。

アンコール

「どんどんやってくれたまえ」

と朝倉が言った。

朝倉邸の庭である。テーブルの上には、焼き肉が煙を吐き出しながら、食べられるのを待っている。

「いや、もう満腹ですよ」

と片山は言った。

「本当。ごちそうになりまして」

晴美もため息をついた。

「遠慮しないで。――そうかね？　じゃ、飲み物でも……」

朝倉は晴美へビールを注いだ。

よく晴れた午後である。

「君たちには、すっかり世話になった。おかげで、無事にコンクールも終わったよ」

「とんでもない。仕事ですからね」

と片山は言った。

「マリさんはこれから――」

「うん。優勝を機会に、ウィーンへ演奏旅行に出るということになりそうだ」

「すばらしいわ。ね、お兄さん」

「う、うん……」

と片山は曖昧に肯いた。

「――そうだわ」

晴美が言った。「先生にぜひ伺いたいことがあったんです」

「何かな？」

「気になって仕方ないんです。――一つは余分の楽譜のこと。もう一つは、須田さんの死のことです。先生は何かご存知なんでしょう？」

「そのことか」

と朝倉は言って笑った。「いつかは白状しなきゃならないんだろうと思っていたよ」

「教えていただけますか？」

「いいとも。――その二つは、一つの問題なんだ、結局はね。私は辻紀子の母親と付き合っていた。彼女は身を任せた代わりに、新曲の楽譜を一部ほしいと言い出した。私は拒んではいたが、一部余計に作るだけは作っておいた。表向きは知らないことにしたが、追加注文したのは私でね」

「そうでしたか」

「ところが、須田がそれに感付いた。——まあ、確証があるわけではないが、あれを盗んで、彼女へ売りつけようと思っていたのだと思う」

「それであの晩——」

「そう。ここのメイドを手なずけて、いざ楽譜を捜そうとしているところへ、私が、辻紀子の母親と戻って来た。あわてたものの、楽譜は捜したい。そこで二階の——」

と朝倉は、まだ工事中の音楽室を指して、「あそこへ隠れたわけだ。——どうせなら、とその中を捜し回っているところへ、あの地震が来た」

「びっくりしたでしょうね」

「ただでさえびくびくしていて、そこへ地震だ。——それで心臓をやられてしまったのだよ。彼は足場の上へ倒れた」

「あの足場の？」

「そうだ。しかし、私は、あそこを覗いて見なかったから、そんなことは全く知らなかった。須田の死体を初めて見たのは、君をあそこへ案内したときだ」

「あのときですか？」

「そう。先に私が一人で入っただろう。そのときに見付けたんだ。びっくりしたよ。——しかし、困ったのも事実だ。何しろどうして須田があんな所で死んでいるのか、説明も大変だし、それに死因が心臓麻痺だということも、分からなかったしね」

「それで、どうなさったのですか？」

「決めかねて立っていたが、君を待たせっ放しにはできない。そこで、ともかく一応死体を隠そうと思った。——何しろもめ事は一番避けたい時期だったしね。そこで死体を起こそうとしたんだが、倒れたときに、接着剤の罐をけとばしたのか、中の接着剤が流れ出て、その上に仰向けになって倒れていたんだ。つまり、接着剤で足場にくっついてしまっていたわけさ。いくら引っ張っても、あの強力な接着剤だ、びくともしない。そこで——」

「分かりました！」

と晴美が言った。「板を引っくり返したんですね？」

「引っくり返した？」

と片山がびっくりした。

「そう。あの板は鉄パイプを組んだ上に渡してあるだけだったのよ」

「そのとおり」

と朝倉は肯いた。「つまり、須田は、ぺったりと貼りついたまま、足場の板の下にぶら下がっていたわけだ」

「ところが、背広の背中がくっついていただけなので、ボタンがちぎれて——それが一つだけきれいなボタンが落ちてた理由ですね」

「そう。背広の上衣からスッポ抜けて落ちて来たのだ」

「それで分かりました」

と晴美は肯いた。「火をつけたのも——」

「私だ。すぐに見付けられると思ってね。燃やしてしまえば上衣が裏側にあったことなど分かるまい。——まあ、お騒がせして申し訳なかった」

「いいえ、分かりさえすればいいんです。ね、お兄さん？」

「う、うん……」

片山は渋い顔で肯いた。——今さら仕方がないか。

「しかし、君は実にすばらしい娘さんだね」

と朝倉が言った。

「ありがとうございます」

「どうだろうね。——須田は死ぬし、道原和代はああいう始末で……わが新東京フィルの事務に誰か人材が欲しいのだが、もし君がよければ——」

「本当ですか？」

「ああ。——しかし……」

朝倉はチラリと片山のほうを見て、「やめておこう。君の兄さんが、このプレイボーイめって顔でにらんどる」

「いえ、決してそんな――」

と片山があわてて言った。

「まあ、どこか別に当たるとしよう」

朝倉は愉快そうに微笑んだ。「この年齢だが、まだ女性のために逮捕されるのはごめんだからね！」

解説

山前《やままえ》　譲《ゆずる》
（推理小説研究家）

石津《いしづ》刑事とレストランでデートしていた片山晴美《かたやまはるみ》が、近くの席にいた女子大生のグループの桜井《さくらい》マリから、受付に入った電話に出てほしいと頼まれる。なんでもコンクール委員会からの、決勝に出られるかどうかの連絡だという。それは晴美も知っているヴァイオリンの第一級のコンクールだったが、幸いなことに桜井マリともうひとりの本選進出が決まったという知らせだった。

飛び上がって喜ぶ女子大生たちだったが、桜井マリに電話がもう一本入った。晴美が出ると相手は、命が惜しかったら演奏をミスしろと言って電話を切った。その不気味な電話のことは伝えなかったが、マリに魔の手が迫る。ホームズ、出番だ！

二〇一六年は赤川次郎氏にとって、いろいろな話題の豊富な年となりました。まずはデビュー四十周年です。一九七六年に第十五回オール讀物推理小説新人賞を受賞した「幽霊列車」が、赤川作品の記念すべき第一作でした。

長編、短編、ショート・ショートと、その四十年間に発表された小説の数は、概算することすら簡単ではありません。すべてが小説ではありませんが、オリジナル著書は六百冊が目前です。また四月には、『東京零年』で第五十回吉川英治文学賞を受賞しました。赤川さんのこれまで作家活動において、二〇一六年ほどエポックメイキングな一年はないと言えるでしょう。

その厖大《ぼうだい》な数の作品のなかで、とりわけ大きな輝きを放っているのは、三毛猫ホームズの活躍です。多彩なシリーズ・キャラクターの活躍は赤川作品の大きな特徴で、主なシリーズだけでも十指に余りますが、片山義太郎《よしたろう》と晴美の兄妹《きょうだい》に飼われているメス猫のホームズは、絹《きぬ》のような色艶《いろつや》のよい毛並みと人間顔負けの聡明さ（！）によって、とりわけ多くの読者に愛されてきました。

どれだけ愛されてきたかは、シリーズが二〇一五年刊の『三毛猫ホームズの回り舞台』で五十冊に到達したことでも明らかでしょう。その数は赤川作品のシリーズで最も多いのです。そして、本家であるシャーロック・ホームズは長編四冊、短編集五冊ですから、まさに凌駕《りようが》してしまいました。

シリーズ第一作はあらためて詳しく紹介するまでもなく、『三毛猫ホームズの推理』です。一九七八年四月にカッパ・ノベルスより刊行されたその長編は、赤川氏にとってまだ三冊目の著書でしたが、ベストセラーとなって作家専業への道を拓《ひら》くのでした。そして数を重ねて五十冊、そのなかからエポックメイキングな六長編が新たな装いで刊行されることになりました。

シリーズのなかでもっとも（多分？）猫が登場する『三毛猫ホームズの怪談』（一九八〇）を最初に、クラシック音楽の世界を背景にした本書『三毛猫ホームズの狂死曲《ラプソディー》』（一九八一）、ホームズがなんとヨーロッパを旅する『三毛猫ホームズの登山列車』（一九八七）、大林宣彦《おおばやしのぶひこ》監督による映像化も話題となった『三毛猫ホームズの黄昏《たそがれ》ホテル』（一九九〇）、片山義太郎がついに結婚してしまうのかとハラハラする『三毛猫ホームズの心中海岸』（一九九三）、そしてホームズが意外な才能を発揮した『三毛猫ホームズの正誤表』（一九九五）の六作です。なかなかヴァラエティに富んだラインナップではないでしょうか。

一九八一年六月に刊行されたシリーズ第四弾『三毛猫ホームズの狂死曲《ラプソディー》』のバックにいつも流れているのはクラシック音楽です。『三毛猫ホームズの音楽ノート』（一九八五）で明らかなように、赤川さんの趣味としては、最初にクラシック音楽が挙げられます。また、『三毛猫ホームズとオペラに行こう！』や『三毛猫ホームズのあの日まで・その日から――日本が揺れた日』といったエッセイを手に取れば、クラシックのコンサートに通う毎日が……いったい何時《いつ》、原稿を書いているのでしょうか。

それはさておき、本書ではヴァイオリンのコンテストをめぐっての確執がじつにサスペンスフルです。本選に進出した七人は、それに備え、コンテストの主催者であり、新東京フィルハーモニックの常任指揮者である朝倉宗和《あさくらむねかず》の別荘で、合宿するのですが、そこで事件が連続します。

いわゆる嵐の山荘や雪の山荘ほど隔絶された空間ではありませんが、彼らは外出することが許されていないのです。たとえ何があっても……。複雑な人間関係を背景に、ミステリーとして謎解きの興味を大いにそそっていきます。朝倉の依頼で別荘に泊まりこんでいた義太郎やホームズも、なかなか真相に辿《たど》り着けません。はたしてコンテストは無事に行われるのでしょうか？

片山晴美はいわば作者の分身で、いたるところでクラシック音楽の素養を披瀝《ひれき》しています。一方、犯罪の捜査に忙しい片山や石津がクラシック音楽に疎《うと》いのは無理もありませんが、ホームズはどうなのでしょうか。

もちろん直接的にその答えを聞くことはできません。ただ、片山兄妹の前の飼い主である森崎《もりさき》教授は、かなりクラシック音楽が好きだったようです。『三毛猫ホームズの推理』にはこんな場面がありました。

二人を単なる教授と学生以上の関係にしたきっかけは、やはり音楽だった。もともとクラシック音楽の好きな雪子が、寮の部屋では思い切ってステレオのボリュームを上げられないと、雑談の折りに口にしたのを聞いて、森崎が彼女を自分の部屋へ誘ったのである。森崎としては、別に下心があったわけではないのだが、結果としては、その夜は音楽どころではなくなってしまった。二人が初めて唇を重ねたとき、バックに流れていたのは、ラフマニノフでもショパンでもなく、およそ場違いな、リヒァルト・シュトラウスの「ツァラトゥストラはかく語りき」だった……。

いかがでしょう。もちろんこの場にホームズはいませんでしたが、森崎教授に飼われていた頃、始終、クラシック音楽を聴いていたのは間違いないでしょう。なんといっても猫族は聴覚がすぐれています。曲の聞き分けなど簡単ではないでしょうか。『三毛猫ホームズの狂死曲《ラプソディー》』はその証明となるでしょう。

タイトルはもちろん狂詩曲《ラプソディー》をミステリアスにもじったものです。ラプソディーがどんな音楽形式であるかなんてとても説明できませんが、ジャズにジョージ・ガーシュイン「ラプソディ・イン・ブルー」、ロックにクイーン「ボヘミアン・ラプソディ」といった名曲があるので、用語的にはなじみのあるものでしょう。そして、「チューニング」に始まる目次も、クラシック音楽を意識した凝《こ》ったものになっています。まさに趣味と実益を兼ねた作品と言えるのではないでしょうか。

そして本作に限らず、ホームズのシリーズのそこかしこで、クラシック音楽の調《しら》べが聞こえていました。とりわけ注目したいのはシリーズ第十三弾、一九八六年十月に刊行された『三毛猫ホームズの歌劇場《オペラハウス》』です。ホームズ一行がヨーロッパ旅行中に解決した事件のひとつで、舞台は音楽の都・ウィーン！　そしてなんと桜井マリも登場しています。クラシック音楽がたっぷりになるはずでした。

他に注目したいのは「三毛猫ホームズの名演奏」（短編集『三毛猫ホームズのびっくり箱』に収録）と「三毛猫ホームズのプリマドンナ」（同題の短編集に収録）の二作でしょう。タイトルからして音楽と関係する作品とすぐ分かりますが、ともに指揮者の朝倉宗和が登場しているからです。

義太郎が女性ピアニストから相談を受ける「三毛猫ホームズの殺人協奏曲」（『三毛猫ホームズの用心棒』に収録）も、ちょっと読み逃《のが》せません。コンサートのプログラムを見た石津刑事が言います。「ピアニストもお腹が空いてるんでしょうかね」と。じつは、ショパン、シューマン、ベートーヴェンを、食パン、シューマイ、弁当と誤読していたのです。さすが大食漢の石津でした。

また、『三毛猫ホームズの黄昏ホテル』では、ホテルのサロンに置かれているグランドピアノが、事件の鍵を握っています。そしてなんとホームズがピアノで……詳しくはまた別の機会に述べましょう。シリーズ第二十一弾の『三毛猫ホームズのフーガ』も音楽絡《がら》み……と思いたくなりますが、こちらは「フーガ」のイメージを借りての物語でした。

さて、クラシック音楽への興味と同じくらい、この『三毛猫ホームズの狂死曲《ラプソディー》』で興味をそそるのはラブストーリーです。ここに登場する桜井マリと、片山義太郎は何度もキスを交わしています。それどころか……。コンテストの行方などどうでもいいとまで思ってしまう展開ですが、義太郎の恋愛模様に関しては『三毛猫ホームズの心中海岸』の解説で述べることにしましょう。

赤川さんの四十年にわたる作家活動では、三毛猫ホームズのシリーズだけでなく、クラシック音楽をベースにした作品が数多く書かれてきました。『赤いこうもり傘』、『幻の四重奏』、『昼と夜の殺意』、『禁じられたソナタ』、『哀愁変奏曲』、『黒鍵《こっけん》は恋してる』、『インペリアル』、『乙女の祈り』……恩師の娘がヴァイオリニストになった杉原爽香《すぎはらさやか》など、シリーズ・キャラクターの活躍にもクラシック音楽が関わってきます。そのなかでもこの『三毛猫ホームズの狂死曲《ラプソディー》』は、ヴァイオリンの調べと謎解きの絶妙なアンサンブルがとりわけ印象的な長編です。

一九八一年六月　カッパ・ノベルス（光文社）刊
一九八五年一月　光文社文庫

光文社文庫

長編推理小説
三毛猫《みけねこ》ホームズの狂死曲《ラプソディー》　新装版
著者　赤《あか》川《がわ》次《じ》郎《ろう》

2016年8月20日　初版1刷発行

発行者　鈴木広和
印刷　萩原印刷
製本　ナショナル製本

発行所　株式会社　光文社
〒112-8011　東京都文京区音羽1-16-6
電話（03）5395-8149　編集部
8116　書籍販売部
8125　業務部

ISBN978-4-334-77334-2　Printed in Japan

組版　萩原印刷

お願い　光文社文庫をお読みになって、いかがでございましたか。「読後の感想」を編集部あてに、ぜひお送りください。

このほか光文社文庫では、どんな本をお読みになりましたか。これから、どういう本をご希望ですか。

どの本も、誤植がないようつとめていますが、もしお気づきの点がございましたら、お教えください。ご職業、ご年齢などもお書きそえいただければ幸いです。当社の規定により本来の目的以外に使用せず、大切に扱わせていただきます。

光文社文庫編集部

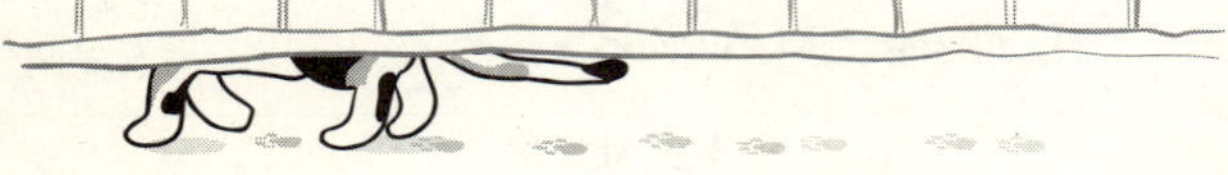